主　编：叶艳萍

副主编：谢爱弟　孙辰霏

编　委：焦　明　杨　芳　夏菡苕

　　　　娄红艳　刘素丹

运河南端

《运河·南端》优秀作品选

叶艳萍 主编

九州出版社
JIUZHOUPRESS

图书在版编目（CIP）数据

运河南端：《运河·南端》优秀作品选 / 叶艳萍主
编. -- 北京：九州出版社，2021.9
ISBN 978-7-5225-0550-3

Ⅰ．①运… Ⅱ．①叶… Ⅲ．①散文集－中国－当代
Ⅳ．①I267

中国版本图书馆CIP数据核字(2021)第194825号

运河南端：《运河·南端》优秀作品选

作　者	叶艳萍　主编
责任编辑	杨鑫垚　赵恒丹
出版发行	九州出版社
地　址	北京市西城区阜外大街甲 35 号（100037）
发行电话	(010)68992190/3/5/6
网　址	www.jiuzhoupress.com
印　刷	三河弘翰印务有限公司
开　本	787 毫米 ×1092 毫米　16 开
印　张	17.5
字　数	235 千字
版　次	2021 年 10 月第 1 版
印　次	2021 年 10 月第 1 次印刷
书　号	ISBN 978-7-5225-0550-3
定　价	88.00 元

目录

运河史话

中国大运河的形成与演变

叶艳萍

中国大运河始凿于春秋末期，全线贯通于隋朝，繁荣于唐宋，取直于元代，疏通于明清，是人类历史上超大规模水利水运工程的杰作，是世界上延续使用时间最久、空间跨度最大的运河。本文按照大运河的发展历程，将大运河分成三个阶段进行叙述。

早期运河：为南北大运河的贯通奠定基础

公元前 486 年，吴国为了北上伐齐，进而进军中原和晋国争霸，开凿了从邗城（今扬州）到末口（今淮安）的邗沟，沟通了淮河和长江两大水系，为吴国输送军队和物资北上带来了极大的便利。邗沟是中国历史文献中记载的第一条有确切开凿年代的运河，如果以此作为中国运河的起点，那么中国运河的历史已有 2500 多年。

春秋战国时期，列国出于战争和运输的目的，开凿了多条地方性运河，除了邗沟之外，其中著名的还有楚国的芍陂、魏国的鸿沟；秦在统一中国的过程中，开凿了从镇江到杭州的河道，确定了江南运河的基本走向；西汉开通了从洛阳到长安的漕渠，以解决政府的漕运；曹魏在北方相继开凿了白沟、平虏渠与利漕渠、车箱渠等，并对邗沟做了相应的改造[1]；此外，浙东运河也值得一提，春秋末期时的吴国开凿了今天绍兴至上虞的"山阴故道"（《越绝书》所称），两晋之交贺循开通了山阴（今绍兴）至永兴（今萧山）段的航路，使姚江、甬江、钱塘江、曹娥江等江河连接起来。

隋以前，这些互不连贯的运河，尚未形成完整的水运系统，但这些地方性河道以及诸多水利工程的形成，为隋朝南北大运河的贯通奠定了雄厚的基础。这些

---

[1] 陈璧显：《中国大运河史》第 67 页，中华书局，2001。

运河的开凿，在政治、经济和文化方面，都发挥了特殊的作用。在政治方面，可以说掌握了运河，也就掌握了政治军事命脉，运河是古代主要的军事通道，是兵家必争之地。运河也给农业带来了灌溉之利，运河流经的地方，农业都比较发达，《周礼·职方》指出，古代扬、豫、兖、青、幽、冀等州，均适宜稻、麦、黍、稷的生长[1]。同时，运河也带来了造船业、冶铸业、纺织业等手工业和商业的发展，促进了各地的文化交流，形成运河流域文化兼容并蓄的多元文化特点。伴随着这些，还涌现出了一批早期的运河名城，如开封、洛阳、蓟（今北京）、建康（今南京）、钱塘（今杭州）、广陵（今扬州）、京口（今镇江）、山阳（今淮安）、彭城（今徐州）、睢阳（今商丘）等，这些城市都是地处要津，商业繁荣，为今天的我们留下了独特的历史文化遗产。

隋、唐、宋运河：南北大运河体系的全面形成与繁荣

中国古代的经济重心在黄河流域，北方的经济一直比南方进步，但这种情况到了魏晋南北朝时期开始发生变化。魏晋南北朝是中国历史上政权更替最频繁的时期，300 余年的时间里，北方战争连绵不断，水利失修，经济受到严重冲击。相比之下，南方的经济却在这段时期里获得了迅猛的发展，北方战乱，大量人口被迫南迁，给地广人稀的江南带来了大量的劳动力和先进的生产技术，加上江南地区优越的自然条件，这里的经济获得了快速发展，全国的经济重心开始南移。隋朝统一中国后，定都长安，为了解决京师及边防部队的粮食物资供应问题，同时，也为了有效统治南北地区，巩固中央集权的国家政权，隋朝统治者开始大规模地开凿运河。隋文帝杨坚开通了从长安到潼关的广通渠，便利了关中与关东地区的联系。隋炀帝杨广继位后，于大业元年（605），开凿了从洛阳到淮安的通济渠；同年又重开从今淮安到扬州的山阳渎（原来的邗沟）；大业四年（608），开凿

---

[1]　陈璧显：《中国大运河史》第 33 页，中华书局，2001。

了从洛阳到北京的永济渠；大业六年（610），开凿了从镇江到杭州的江南运河。这样，隋炀帝前后仅用了六年的时间[1]，就凿通了一条以洛阳为中心，沟通海河、黄河、淮河、长江和钱塘江五大水系，往东南通向杭州，往东北直抵北京，全长2700多公里的南北运河，完成了大运河在中国历史上的第一次全线贯通。

随着大运河的贯通，隋代初步形成了水运储仓体系。黎阳仓、回洛仓、含嘉仓都是建于隋代。黎阳仓根据目前已经勘探确认的84个仓窖的平均计算，全仓可同时储粟3360万斤[2]；而含嘉仓有粮窖400座以上，每座粮窖储约50万斤，规模之大可想而知[3]。

隋代南北运河工程的高速度、高效率表明，当时，人们已经掌握了丰富而精湛的水利工程技术。虽然相关的设计与施工史料记载不多，但这项工程却是举世公认的古代文明奇迹之一。

隋朝贯通运河是"为后世开万世之利"之举，对唐宋两代政权的巩固和经济文化的发展起到了巨大的作用。随后的唐王朝继承了隋朝留下的大运河这笔丰厚的基业，东南地区的社会经济又在不断的发展，唐朝的漕运事业进入了逢勃发展的历史时期，据《新唐书·食货志》载："唐初年漕运量不过一二十万石，之后便快速发展，从开元年间开始直到天宝中叶，漕粮的年运量都能保持在200万石，最高时可达每年400万石，达到唐代年漕运量的顶点。"漕运成为唐朝帝国统治的强大基石，同时，连通海路的运河也成为中外经济文化交流的纽带，唐朝成为当时世界上经济最繁荣、文化最昌盛的国家。

两宋时期的江南经济得到进一步的发展，国家经济重心完全转移到了南方。大运河作为交通运输的主角，成为两宋立国的根本命脉。两宋时期的南北运河线

---

[1] 另有一说为四年多时间，应是指隋炀帝实际用于开凿大运河的时间，本文所指的六年，则是指隋炀帝从开挖到贯通的所有时间。

[2] 国家文物局：中国大运河申遗文本资料，第314页，2013。

[3] 国家文物局：中国大运河申遗文本资料，第65页，2013。

路基本因袭隋唐，但因两宋政治中心的变动，运输中心也随之发生变化，南北大运河在两宋期间呈现出了新面貌。北宋定都汴京，其运河系统以汴京为中心，呈放射状向外分布。汴河（即隋代通济渠）向东南连接淮河，并通过扬楚运河（扬州—淮安）、江南运河和浙东运河将长江、松江、钱塘江沟通。汴河往西北则与黄河相接，并通过御河和渭水分别向北、西延伸。广济河向东北沟通济水。南宋建行都于临安（今杭州），其运河系统则以临安为中心，通过江南运河连接长江，沟通川峡、江东西和荆湖南北等路漕运，通过浙东运河和钱塘江连接大海和两浙水系，沟通福建、广南和两浙地区的水运。[1]

两宋都城分居北南要冲，前者仰赖运河，吞纳东南财赋，维持"强干弱枝"立国之势；后者则依靠运河，转输诸路钱粮，支撑半壁江山，从而使中国古代漕运达到鼎盛阶段。宋代漕运在太平兴国期间（976—984）约为400万石（宋代1石为59.2公斤），至道元年（995），汴河漕运量580万石。景德四年（1007）为600万石，大中祥符二年（1009）至700万石，仁宗时多至800万石，后有所减少。每年各州为漕运造船2000至3000艘。自淮南入汴河，常有船6000只。[2]可见宋代漕运规模之庞大。

同时，也由于两宋时期政治格局变动，在宋与辽、金对抗时期，大运河的整体遭到割裂，由北向南大半湮废，隋开的大运河基本完成其历史使命。[3]但南北大运河的凿通，对后来所形成的京杭大运河也产生了直接而重大的影响，在中国运河发展史上起着承前启后的积极作用。[4]

[1] 陈璧显：《中国大运河史》第242页，中华书局，2001。

[2] 国家文物局：中国大运河申遗文本资料，第65页，2013。

[3] 陈璧显：《中国大运河史》第241-242页，中华书局，2001。

[4] 陈璧显：《中国大运河史》第105页，中华书局，2001。

元、明、清运河：京杭大运河新格局的形成与演变

元统一中国后定都北京，国家政治中心的北移随即带来的便是大运河线路的调整，还有一个直接影响运河线路调整的重要因素，当然还是地区经济发展的不平衡。这时的江浙一带，已经成为全国的大粮仓，为了将国家的政治中心和经济中心联系在一起，顺利地将江南的漕粮运到北京，元朝政府决定对大运河线路进行调整，主要做法是在山东省境内，对大运河的走向进行了截弯取直处理，即从临清向东南开凿河道，连接黄淮水系，再下接扬州运河、江南运河等旧运河的河道，直抵杭州。这条从淮河直达临清的新开凿河道，元世祖将其命名为"会通河"。随后，又开凿了从通州到北京的通惠河，使得漕粮不需要再从通州登陆转运而能够直达北京。经过调整之后的大运河，可以经过山东省直接南下，不需要辗转到洛阳，使得路程大大缩短，全长共1794公里，比原来缩短了900多公里。这就是后人所称的"京杭大运河"。京杭大运河以最合理的方式、最短的距离，纵贯富庶的东部沿海地区，实现了国家政治中心与经济中心的融合。

明朝大致沿袭元朝大运河线路，但元代工程及管理上存在的问题，使运输受到很大限制。明代为确保这条维系王朝生命的交通大动脉的顺畅，明政府对运河进行了大规模的修浚和治理。会通河是明前半期运河整修的重点，其河段在大运河全线中地势最高、地形高差最大，河道常因水源不足而不胜重载。明洪武二十四年（1391），黄河决口，冲断运河，会通河遂淤塞不通。永乐九年（1411），工部尚书宋礼奉命主持重开会通河。明代的会通河是元代济州河和会通河的合称，范围指临清到济宁段，会通河上也因此产生了世界水利史上的一大范例工程——南旺分水枢纽。京杭大运河途经的汶上县南旺地段是一个制高点，俗称水脊，因此这段运河常因水浅难以开航。宋礼采用汶上老人白英的计策，利用汶上县北镜的大汶河水源丰富且其坎河口地势高于南旺这一有利条件，在坎河口修筑戴村坝，截住大汶河之水，以引汶济运，同时建南旺分水口，使运河水分南北两向而流，

相传分水量为南流占 3/10，北流占 7/10，所以流传有"七分朝天子，三分下江南"的谚语。15 世纪中叶开始，为精确控制分水水量、节约用水，陆续在南旺分水口南北建造一系列的节制闸，形成了全程水量节制的工程体系。南旺"引汶济运"水利工程和节制闸群工程，科学地解决了引汶、蓄水、分流等复杂的技术和实践问题，将中国运河的水利工程成就推向历史顶峰，使得京杭大运河畅通五百余年。

明朝 200 余年，对运河各段的维修可谓不遗余力，从未停歇。据姚汉源所著《京杭大运河史》载，从永乐十二年至崇祯元年（1414—1628）之间的 214 年中，光北运河一条，就修堤堵决 25 次，挑浚淤浅 19 次。[1] 畅通的大运河也给大明朝带来了丰厚的回报，成为南北物资和文化交流的真正的大动脉。明朝建立了一套较为完整的漕运制度，保证了漕粮北运的安全，并促成了明代运河航运的兴盛局面。明成祖定都北京后，400 万石成为漕运的定额标准，最高年运量增达 500 多万石。宣德时最高达 674 万石。[2] 另据白寿彝《中国通史》载："有明一代，由运河运输漕粮达 340 万石，航行漕船达 3000 余艘，各类船只达到万余艘。"[3] 均反映出了明代漕运之盛况。作为全国南北商品流通的主干道，明代八大钞关有七个设在运河沿线，至万历年间，运河七关商税共计 31 万余两，天启年间（1621—1627）增为 42 万余两，约占八大钞关税收总额的 90%。[4]

大运河在清朝经历了由盛而衰的过程。清代运河基本沿袭明朝，清前期沿用明代的治运方略，补偏救弊，取得卓越的成就。康熙皇帝曾以"三藩及河务、漕运为三大事"，在位期间治黄治运成效明显，恢复淮扬运河，筑成洪泽湖蓄淮水，完成明代未完工程，如修筑高家堰、导淮水入江、入海。继而在宿迁至清口段开中河，分黄、运二流，结束了借黄河行运的时代。会通河等河道管理益臻完善。

---

[1] 姚汉源：《京杭运河史》第 134-137 页，中国水利水电出版社，1997。
[2] 国家文物局：中国大运河申遗文本资料，第 323 页，2013。
[3] 聊城大学运河文化研究中心：光明日报《中国运河历史文化专栏论文汇编》第 11 页，2009。
[4] 聊城大学运河文化研究中心：光明日报《中国运河历史文化专栏论文汇编》第 41 页，2009。

雍正、乾隆年间，开辟及整修南北运河，修成微山湖水柜，泇河上修成许多闸坝，完全渠化。此时的运河治理水平达到了历史上的鼎盛时期。清前期漕运也是因袭明朝，定"每岁额征漕粮四百万石"，当时"自京师之东，远延通州，仓厫连百，高墙栉比，运夫相属，肩背比接。其自通州，至于江淮，通以运河，迢递数千里，闸官闸夫相望，高墙大舸相继，运船数以千计，船丁运夫数以万计……"[1] 想象此场景，还是非常壮观的。到了乾隆后期，政治逐渐腐败，河工成为贪污重地，治河经费大多落入贪官污吏之手，得不到有效治理的运河开始由盛转衰。[2] 嘉庆时期，因运河管理日渐松弛，河道屡被冲决，运道被淤塞，而借黄济运。咸丰五年（1855），黄河于铜瓦厢决口改道，自大清河入海，冲垮张秋镇运堤，运道破碎不通。漕粮改以海运为主。光绪年间虽采取了各种措施以"通漕保运"，但由于各种原因，终未能奏效。光绪二十七年（1901），停止漕运，不久，黄河以北至临清段运河淤为平陆。[3] 1911 年，津浦铁路全线通车。随着漕运这一历史使命的结束，大运河作为中国南北交通大动脉的地位也就彻底不再了。

中华人民共和国成立后，对大运河进行了修复和整治工作。大运河北方段部分恢复航运，山东济宁以南的河段一直保持畅通，成为连接山东、江苏、浙江三省，沟通淮河、长江、太湖和钱塘江水系，纵贯中国东部沿海地区的水运主通道，也是世界上最繁忙的运输航道之一。大运河迄今为止，仍在发挥重要的水利与航运功能，它是祖先留给我们的珍贵的活态遗产。2005 年 12 月，郑孝燮、罗哲文、朱炳仁三位当时平均年龄达 79 岁的专家，联名致信京杭大运河沿线的 18 个城市市长，呼吁加快京杭大运河在申报物质文化和非物质文化两大遗产领域的工作进程，此举拉开了大运河保护与申遗的帷幕。经过八年多时间的努力，2014 年 6 月 22 日，在卡塔尔首都多哈召开的第 38 届世界遗产大会上，中国大运河项目成

---

[1] 安作璋：《中国运河文化史》下册，第 1445 页，山东教育出版社，2001。

[2] 姚汉源：《京杭运河史》第 326 页，中国水利水电出版社，1997。

[3] 陈璧显：《中国大运河史》第 449 页，中华书局，2001。

功入选世界遗产名录，成为中国第 46 个世界遗产项目。

《荷使初访中国记》所见清代运河风情考述

胡梦飞

.

《荷使初访中国记》是荷兰人约翰·尼霍夫（1618-1672）所做的游记。约翰·尼霍夫（Joannem Nienhavinm），又译作约翰·纽霍夫，荷兰探险家。1618年出生于德国的伯爵领地本德海姆的余尔森市，早年做过水手，擅长诗歌、绘画和音乐，后来到荷兰的东印度公司工作。约翰·尼霍夫于清顺治十二年（1655）随以彼得·候叶尔和雅克布·凯赛尔为首的荷兰使团来到中国，作为荷兰第一个访华使团的管事，对沿途所经之地的风景、地貌进行了细致的观察，对各地的河川、城墙、寺庙、宝塔和奇特的建筑物等都做了详细的记载，写下了《荷使初访中国记》这本书。1665年，阿姆斯特丹书商梅尔斯率先出版了尼霍夫中国游记的荷文和法文版，引起轰动。1672年，尼霍夫在马达加斯加岛探险时失踪。

约翰·尼霍夫在其《荷使初访中国记》中简要记载了清朝顺治十二至十四年（1655—1657）间荷兰第一个访华使团的见闻，以其耳闻目睹提供了中国史籍所没有记载的材料。对所经过省份及运河沿岸的城市、乡村、政府、学术、工艺品、风俗、信仰、建筑、衣饰、船舶、山川、植物、动物、反抗鞑靼人的战争等方面都有精彩的描述，并配有在中国实地画下的150幅插图，对研究清初中国社会的政治、经济、文化及运河区域社会等具有重要的参考价值。由于约翰·尼霍夫沿途细致的描写和朴实的插图为西方世界提供了一幅真实的中国形象，以致在相当长的一段时间中，《荷使初访中国记》成为欧洲了解中国的重要知识来源。

一

荷兰使团进京的路线即是广州通北京的传统贡道。先是从广州到三水，然后溯北江而上，到南雄下船，再由地方官征集夫役，把所带礼物背过大庾岭。翻越大庾岭之后，到达江西省境。荷兰使团在南安府上船，沿赣江顺流而下，经吴城镇入鄱阳湖，再由鄱阳湖入长江。然后经长江北岸的仪征县到达扬州。荷兰使团于顺治十三年（1656）五月二十一日从扬州开始沿运河北上，途经扬州、高邮、宝应、淮安、宿迁、济宁、南旺、张秋、东昌、临清、武城、故城、德州、东光、沧州、青县、静海、天津、河西务、通州等众多运河城镇，七月十二日在张家湾下船，然后由陆路到达北京，故《荷使初访中国记》中对运河城镇风情的记载尤为详细。

清代苏北运河沿岸的扬州因运河流经此地，再加上地处南北交通要道，两淮盐商聚集，商品经济也很繁荣，"为东南一大都会"。顺治十三年（1656）五月二十一日，荷兰使团一行来到扬州。《荷使初访中国记》记载："该城位于运河左岸，距仪征六十里，呈四方形，建有高墙堡垒，方圆步行约三个小时，运河右岸有一片漂亮的郊区，商业也十分繁荣。……税关前面的运河上横跨着一座七艘船组成的浮桥，我们通过这座桥，再过三个城门才进入城内。城内所有街道都非常笔直，路面用砖头铺就。沿着进城道路的左侧郊区，矗立着一座六层宝塔。在上面可以俯瞰整个郊区。城西有一道小河，斜穿该城而过，河上有几座高大漂亮的石拱桥。"

荷兰使团还在扬州运河沿岸的邵伯镇看到了当地居民的端午节赛龙舟风俗。"这里的中国人正在庆祝他们的'新月'节。我们看见这里有很多奇怪的船只，其中有两条中国人称之为龙船的小艇正不断穿行，来往于其他船只之间，以博得众人的高兴。上面所说的小艇用桨划动，船身就像长满青草活动着的水蛇。船尾有奇怪的杠竿，上面钉着宽铁片和束旌，铁片上系着色彩缤纷的一束束丝带，这些丝带婀娜多姿地摆动着。船尾的拱起之处吊着一个少年，在水面和水里玩着各种把戏。"

《荷使初访中国记》对宝应、淮安、清江浦等苏北运河沿岸城镇的发展情况也做了较为详细的记载："同日（五月二十六日），我们还经过宝应县。该城位于运河右岸，距高邮州八十里，以前曾是个繁荣的大城，我们从许多破旧并被战火毁坏的精美的房舍，尚可看出当年的风采。城北的城墙外有一座异教的庙宇，其外观内部都相当漂亮。这条皇家运河流到此处笔直得犹如一束光线，有几个地方还建有水闸，可以引水灌溉，从而保持稻田的肥沃。"淮安作为明清漕运总督驻地，江南各省漕粮均在此盘验，大量漕船和商船在此聚集，"秋夏之交，西南数省粮艘衔尾入境，皆停泊于城西运河，以待盘验，车挽往来，百货山列，河督开府清江浦，文武厅营星罗棋布，俨然一省会"。《荷使初访中国记》记载："当天（五月二十六日）我们到达淮安。该城位于运河右岸的一片平坦的沼泽地上，距离宝应县一百二十里，有一道城墙横贯该城，并建有坚固的城楼。郊区人烟稠密，房舍美观，延伸有三荷里。"淮安清江浦原为清河码头至山阳淮城之间的运河名，后在附近形成集镇，因运河流经，商品经济也极为繁荣，由于明清两代在此设立清江船厂等机构，清江浦的造船业较为发达。《荷使初访中国记》记载淮安清江浦镇："这个镇分布在河两岸，房舍美观，宝塔壮丽，位于运河和黄河的连接之处，方圆有一华里。该城商业发达，居民富裕，还有很多船坞，制造各种船只出售。"

二

运河的流经也使得山东运河沿线兴起了济宁、张秋、临清、德州等城镇。这些城镇在运河及漕运的刺激下，大多商业发达，人口众多。《荷使初访中国记》描述运河沿岸的济宁："这个城房舍叠栉邻比，并有二座高塔。河两岸的郊区一望无际，人烟稠密。此处还有两道大水闸，闸水时水深达六尺。所有的客栈和茶馆都拥有自己的戏旦来取悦观众，顾客只需付六七文日本钱就可坐着整天看戏。而这么富有情趣、衣着华丽的男女戏子竟也能依靠客人所给的如此微薄的钱生活，真是不可思议。"

荷兰使团在济宁见到了渔民用鸬鹚捕鱼的场面，认为是一种了不起的发明。《荷使初访中国记》中写道："他们有一种两边都架着竹竿的小船，用桨划动，上述的鸟就停歇在竹竿上。他们把小船划到湖里，把那些鸟放出，那些鸟就立刻潜到水里寻鱼。而中国的船夫们则继续划桨前行，而这些鸟就以同等速度跟着船游动寻鱼。这些鸟的嗉囊用圆环勒住，以防它们捕到鱼后囫囵吞下。而这些鸬鹚在水里一叼到鱼，就立刻浮出水面，先把鱼咽到嗉囊里，飞到船上，渔夫就使劲掰开它的嘴巴，从嗉囊里熟练地掏出那条鱼来。如果鸬鹚不再潜入水中捕更多的鱼，中国渔夫就用棍子或竹板将他们的鸬鹚打得羽毛横飞，这真是一种莫名其妙的事情。"

张秋镇，历史上曾称安平镇、景德镇，位于济宁和临清之间，为南北及东西交通枢纽。《荷使初访中国记》记载："六月十九日，使臣阁下来到张秋城。此地距济宁一百六十里，位于皇家运河两岸。该城入口处两旁都建有坚固的防护城楼。城区为正方形，方圆步行约一个小时，有土墙和石造城垛。城里有很多漂亮的房屋，但因人口稀少，大部分房子没人住，而且非常颓坏。城中心靠岸边的地方有一座寺庙叫大王庙，非常漂亮。"

临清地处江北大运河中段，会通河和卫河在此交汇，为南来北往漕船必经之地，"每届漕运时期，帆樯如林，百货山积"。《荷使初访中国记》记载："六月二十日，二位使臣在著名的城市临清停泊。该城距东昌城一百二十里，坐落在皇家运河的两岸，有两座城堡互相守卫着，河心还建有二个坚固的水闸。城北有一座由九条渡船搭成的浮桥，人们可以经浮桥来往于河两岸的城区。我们还在这里看到河两岸各有一门小铁炮，设置的位置很恰当。该城位于一片沙质的地面上，建有土质城墙，城里有许多漂亮的房舍和庙宇。城墙上有一个石造的城楼，北门城墙有十五个岗楼，两个圆堡。该城的布局呈不等边三角形，城区的幅员步行约一个半小时。我们在此地买到许多罕见的水果，其中有个大味美的梨，这种梨可以存放很久。从该城北门向北京方向航行，约半个小时后，可看见靠河之处有一座异教的庙宇，里面有很多奇异的东西。在庙里最后的殿中，有一尊三十尺高的女偶像，塑造得很精巧，装扮也很华丽。"

德州位于黄河下游，山东省的西北部，黄河和京杭大运河穿境而过，自古就有"九达天衢，神京门户"之称。运河全线贯通后，德州成为水陆交通要道，商品经济逐渐繁荣。六月二十八日，荷兰使团到达德州。《荷使初访中国记》描述了他们眼中的德州："该城距故城县七十里，城区呈四方形，位于上述河流的右岸，城墙高大漂亮，上面有很多垛堞和圆堡。城郊人口众多，商业繁盛。此地停泊着很多戎克船和其他各种船只，我们费了很大力气才得以通过。鞑靼人常常在此处买酒，因为当地汉人所酿的酒较外地酒好，价格便宜，味道醇美，储久不坏。"

三

除苏北、山东运河城镇外，约翰·尼霍夫对直隶境内的沧州、天津、通州等运河城镇亦做了描述。沧州位于河北省东部，北邻天津，南依山东，京杭大运河纵贯全境，自古就是重要的水旱码头和商贾云集中心。七月二日，使团一行抵达沧州。《荷使初访中国记》记载沧州："该城离东光二百二十里，位于该河右岸稍向内陆的地方。该城有几个大郊区，分布在河流两岸，人烟非常稠密。但我们在此没有看到多少富裕的中国人。我们向东行，穿过五座牌坊，来到一堵高墙前，沿台阶而上，爬上墙想看看城内的情况。但在鞑靼人所建的这堵高墙上，无法看到城中心的内墙。"

天津自元代开始成为漕粮海运的重要码头，明清时期更是漕粮转运的重要枢纽和必经之地。天津南运河畔三岔河口地区，更因是南北物资交流的枢纽地带，从而成为繁华的商贸集散地。《荷使初访中国记》记载："七月四日，我们在著名的城市天津城前抛次锚泊船，以便在那里过夜，并准备以后的行程。该城距静海县一百二十里，城区呈四方形，比巴达维亚城稍大些，有一道二十五尺高的城墙。城墙上有垛堞，垛堞后的通道宽达八步，但没有炮台。郊区非常大，从城区向四面八方呈放射形展开，建有漂亮的房舍。我们在这里看到前往高丽、日本和其他地方的戎克船和其他大船，这些船舶给这个城市带来了生意兴隆的盛名。城市附近还有空旷的沼泽地，在多雨的冬天里，地上大多积水。有几条河流在此处汇合，形成一个三叉交汇处，城堡就建在这个三叉交汇处。"

通州位于京杭大运河北端，明清两朝中央政府不但在通州设重兵守护粮仓，而且设置仓场侍郎、坐粮厅、通惠河郎中等官员负责疏浚河道、修筑闸坝、催攒漕船、收支税粮等事务。康熙《通州志》记载通州："上拱京阙，下控天津""舟车辐辏，冠盖交驰，实畿辅之襟喉，水陆之要会也。"七月十七日，使团抵达通州："该城距张家湾三十五里。位于一处低洼而又崎岖不平的地方，在通向北京的大路右侧，却又在运河的左岸。该城防卫严密，城中心有一道城墙横贯而过，但没有铺石的街道。我们离开通州城，沿途经过几处房舍美观、商业繁荣的乡镇。……沿途的田野令人赏心悦目，一路上拥挤着来往于北京的人群。"同日，荷兰使团经通州由陆路抵达北京郊区，历时 57 天的运河行程宣告结束。

明清时期的京杭大运河是南北交通的大动脉，在促进沿线地区社会经济发展的同时，也便利了人员的往来，在中外文化交流中发挥了重要作用。一些外国使节、传教士、旅行者等多取道于此，运河沿线的水利设施、城镇乡村和风土民情，给他们留下了深刻的印象，有关运河风情的记载在他们的作品中也多有体现。《荷使初访中国记》对运河沿岸城镇的名胜古迹、风土民情等做了大量的记载和描述，对清初战乱对运河沿岸城镇的破坏，亦有一定的涉及，给我们留下了有关清朝初年京杭大运河最直观而生动的印象，为我们观察和研究京杭大运河提供了新的史料和视角。

京杭大运河沿线的『水神』

胡梦飞

2014 年 6 月 22 日，京杭大运河作为中国大运河最重要的组成部分，在第 38 届世界遗产大会上被列入世界文化遗产名录。

京杭大运河作为沟通我国南北地区的交通大动脉，在促进沿线区域社会经济的发展和南北经济文化交流的同时，繁忙的漕运和频繁的河工地域往来对沿线区域民间信仰也产生了重要影响。由于运河的流经，导致了水神信仰的盛行。水神信仰不但种类众多，而且分布地域广泛，祭祀各种水神的庙宇和祠堂遍布运河沿线的城镇和乡村。

佑国金龙四大王

在众多的水神信仰中，最有代表性的莫过于对黄河河神和漕运保护神金龙四大王的祭祀和崇拜。金龙四大王名谢绪，浙江钱塘县北孝女里（今杭州良渚镇安溪）人，隐居在安溪下溪湾。因其排行第四，读书于金龙山，故称金龙四大王。南宋亡于蒙元时，赴水死。朱元璋征战吕梁洪时，据说谢绪的英灵曾骑白马率潮水助阵，遂被封为水神。因其具有护漕、捍患的功能，多显灵于漕运和河工危难之时，故不断得到明清官方的加封。景泰七年（1456），明朝政府采纳左都御史徐有贞的建议，建金龙四大王祠于沙湾。隆庆六年（1572）六月，派兵部侍郎万恭前往鱼台致祭，正式敕封河神谢绪为"金龙四大王"。清朝建立后，官方和民间对金龙四大王的崇祀推至顶峰。从顺治三年（1646）开始，清朝历代皇帝不断给金龙四大王敕加封号。至光绪五年（1879），金龙四大王最后的封号为"显佑通济昭灵效顺广利安民惠孚普运护国孚泽绥疆敷仁保康赞翊宣诚灵感辅化襄猷溥靖德庇锡佑国济金龙四大王"，共 49 字之多。

明清国家和地方官员的倡导和推动，漕军、水手、船工、渔民、商人等社会群体祈祷和祭祀的需求，使得金龙四大王庙宇遍布京杭大运河沿线区域各州县的城镇和乡村。据统计，明清时期京杭大运河沿线区域有金龙四大王庙宇150余处之多。淮安下属的清河县因地处黄淮运交汇处，水患极为严重，所以弹丸之地居然有17座金龙四大王庙。扬州府的江都、宝应、泰州、东台等地也都有金龙四大王庙的分布。江都金龙四大王庙"在西门外文峰塔湾"；甘泉县金龙四大王庙"在东门外黄金坝西岸"；泰州金龙四大王庙"在北门外西坝口"；东台县金龙四大王庙"在县治西门外海道口"。民国《铜山县志建置考》记载徐州铜山县境内金龙四大王庙就有三处："一在北门外堤上，一在河东岸，一在房村。"同治《宿迁县志》记载宿迁县金龙四大王庙"在城西南，明知县宋伯华建。康熙二十四年，总河靳辅改建于城西南堤上，有敕祭文"。此外，德州、临清、东昌、兖州、嘉兴、杭州等运河沿岸地区都有金龙四大王庙宇的分布。

皂河龙王庙，原称敕建安澜龙王庙，位于宿迁皂河镇。民国《宿迁县志》记载宿迁安澜龙王庙"在县西北皂河镇，康熙中建，雍正五年奉敕重修"。雍正五年（1727），因当年黄河河清，雍正皇帝敕令河道总督齐苏勒重修皂河龙王庙。皂河龙王庙虽名为龙王庙，但祭祀的主神为金龙四大王。河道总督齐苏勒修庙奏疏云："臣酌估修建金龙四大王庙一事，臣谨查江南黄河一带所建龙王庙宇甚多，或地处沮洳，或庙貌狭小，均不足以壮观瞻，惟宿迁县西皂河之庙地势高阜，四面宽敞，庙貌轩昂，且介于黄、运两河之间，与朱家口相近。"

乾隆元年（1736）御制祭文："江南宿迁县之皂河庙祀显佑通济昭灵效顺黄河之神由来久矣。……而祠宇岁久日圮，弗称祀典，爰允河臣之请，特发帑金鼎新神庙，经始于雍正五年五月内，落成于是年十一月。"此后皂河龙王庙被正式列入国家祀典，乾隆皇帝六次南巡，五次取道皂河诣庙拈香祭祀，且每次都赋诗一首。由此可见，清朝最高统治者对皂河龙王庙之重视。

弘仁普济天妃

　　天妃，也称天后、天后圣母，闽、粤、台一带呼为妈祖，民间俗称海神娘娘。这是我国沿海地区从南到北都崇信的一位与水有关的女性神灵。天妃本名林默，福建莆田湄洲人，相传她不仅能保佑航海捕鱼之人的平安，而且还兼有送子娘娘的职能。南宋绍兴年间（1131—1162）敕封她为灵惠夫人，后又晋封为灵惠妃。元代因倚重海运，故官方和民间都进一步尊崇此神，极其重视对天妃的祭祀。明初郑和下西洋，也极为重视对天妃的崇祀，永乐七年（1409）加封其为"护国庇民妙灵昭应弘仁普济天妃"。清朝康熙二十三年（1684），加封其为"护国庇民妙灵昭应仁慈天后"，雍正、乾隆、道光、咸丰年间先后十余次对其加封，至同治十一年（1872），天后的封号为"护国庇民妙灵昭应弘仁普济福佑群生诚感咸孚显神赞顺垂慈笃佑安澜利运泽覃海宇恬波宣惠导流衍庆靖洋锡祉恩周德溥卫漕保泰振武绥疆嘉佑天后"，达64字之多。

　　淮安位于京杭大运河中段，明清时期的淮安是黄河、淮河、运河的交会处，为商旅必经的咽喉要道。永乐年间（1403—1424）京杭大运河重新贯通后，淮安因其处于南北咽喉，成为重要的漕运枢纽。光绪《淮安府志》记载漕运兴盛时的淮安"秋夏之交，西南数省粮艘衔尾入境，皆停泊于城西运河，以待盘验，车挽往来，百货山列，河督开府清江浦，文武厅营星罗棋布，俨然一省会"。数量众多的官员、漕军、客商、船工、水手云集淮安，在淮安黄运沿岸建立起众多祭祀各种水神的庙宇和祠堂，以满足不同社会群体的祭祀要求，其中就有专门祭祀天妃的祠庙。

　　同治《重修山阳县志》记载当时山阳县境内的天后宫在"城西南隅，宋嘉定间安抚使贾涉建，国朝康熙中漕督施世纶重修。又一庙在察院西，一在新城大北门内"。明代淮安府城天妃庙称灵慈宫，永乐年间内阁大学士杨士奇在其《敕赐灵慈碑记》中记载："永乐初，平江伯陈公瑄奉命率舟师，道海运北京，然道险所致无几。……遂作祠于淮之清江浦，以祀天妃之神，盖公素所持敬者。凡淮人及四方公私之人有祈于祠下，亦皆响应。守臣以闻，赐祠额曰'灵慈宫'，命有司岁有春秋祭祀。"清河县天妃庙叫惠济祠乾隆十六年（1751）二月，乾隆皇帝首次南巡，视察惠济闸和高家堰石堤河工，并瞻谒惠济祠，命重加焕饰。同年六月撰写《御制重修惠济祠碑文》，碑文曰："清江浦之涘，神祠曰惠济，鼎新于雍正二年，灵贶孔时，孚应若响，过祠下者，莫醴荐牢，靡敢弗肃。乾隆十有六年，朕巡省南服，瞻谒庭宇，敬惟神功庥佑，宜崇报享。命有司焉鸠工加焕饰焉。"由此可见，清朝最高统治者对清口惠济祠的高度重视。

明清时期的徐州因黄运交汇，河工频繁，再加上福建商人在此活动，故天妃信仰也很盛行。同治《徐州府志》就记载徐州下辖的沛县竟有天妃行宫十处之多："一在县治东关护城堤内，一在县东五里射箭台上，一在县东十里，一在县北三里吕母冢，一在县西北二十五里刘八店集，一在夏镇新河西岸，一在县西南戚山北，一在县东南十五里，一在县东南三十里里仁集，一在县北三十里庙道口。"宿迁县天妃庙称天后宫，民国《宿迁县志》记载："即福建会馆，在新盛街。"福建会馆里面奉祀天后，可见福建商人在明清时期天妃信仰传播中的作用。

镇漕通河晏公

晏公，名戌仔，江西临江府清江镇（今江西樟树）人，原本是江西地方性水神，明初因受到朝廷推崇而成为具有全国性影响的水神。明清时期专门从事漕粮运输的军队被称为漕军，漕军不但要从事繁重的体力劳动，有时还要面临漕船沉溺、漕粮漂没的风险。因晏公有保障行船安全的职能，故得到了众多漕运官兵的崇奉。康熙《通州志》记载通州晏公庙在州东关，明万历六年（1578）建。临清晏公庙有三处，一在会通河闸，一在新闸，一在南板闸。民国《阜宁县新志》记载阜宁县晏公庙在县治射河南岸海墙头，成化年间（1465—1487），邑人刘盛与侄刘翰同建。道光《重修仪征县志》记载仪征县晏公庙在巡检司西，洪武年间（1368—1398），尚书单安仁建。

道光《泰州志》记载泰州晏公庙有四处，一在千户所，一在经武桥，一在荻柴巷，一在北门外新桥。乾隆《镇江府志》记载镇江丹徒县境内晏公庙有三处，一在丹徒镇，明初敕封，一在江滨，一在小沙。杭州晏公庙"在武林门北夹城巷崇果寺内，……明洪武初改奉晏公，相传为水神，故军营漕运之所往往立庙"。

钱塘安溪金龙四大王庙考略

胡梦飞　王双双

金龙四大王，名谢绪，南宋诸生，杭州钱塘县北孝女里（今浙江杭州市余杭区良渚镇安溪村）人，因其排行第四，读书于金龙山，故称"金龙四大王"。因其为黄河河神和漕运保护神，具有护佑漕运、防洪护堤、保障水上航运安全等职能，因而备受官方和民间的崇祀。明清时期祭祀金龙四大王的庙宇遍布大江南北，尤其是黄河和运河沿岸地区。有学者统计，仅运河沿线地区就有金龙四大王庙宇150余处。金龙四大王在明清两代被列入国家祀典，倍受官方的重视，其最后的封号达44字之多，而杭州市余杭区良渚镇安溪村就是其传说中的桑梓之地。

一、金龙四大王庙的历史变迁

　　最早记载谢绪生平事迹的是南宋遗民吴县徐大焯的《烬余录》："谢绪，会稽人，秉性刚毅，以天下自任。咸淳辛未，两浙大饥，尽散家财赈给之，知宋祚将移，构望云亭于金龙山祖陇，隐居不仕。作望云亭诗云：'东山渺渺白云低，丹凤何时下紫泥。翘首夕阳连旧苑，漫看黄菊满新蹊。鹤闲庭砌人稀迹，苔护松荫山径迷。野老更疑天路近，苍生犹自望云霓。'未几，国亡，绪北向涕泣，再拜曰：'生不报效朝廷，安忍苟活。'即草一诗云：'立志平夷尚未酬，莫言心事付东流，沦胥天下谁能救，一死千年恨未休，湘水不沉忠义气，淮淝自愧破秦谋，茗溪北去通流塞，留此丹心灭寇仇。'吟毕赴水死。"由《烬余录》可知，谢绪为会稽（今浙江绍兴）人，家世不详，此时的谢绪还只是一个忠义、有气节的文人形象。明代中后期，谢绪被塑造成安溪谢氏的祖先神。据学者考证："安溪谢氏迁自浙江台州，始迁祖或是谢长一，明代安溪谢氏追述始迁祖时可能攀附到谢达一支，谢绪被附会为谢达之孙，被纳入安溪谢氏谱系。"（褚福楼：《明清时期金龙四大王信仰地理研究》）成化《杭州府志》记载，谢达是安溪下墟湾地方神灵，与谢绪还无关系。明代中后期，官方多次掀起打击民间淫祠的运动。作为地方神的谢达虽有宋代"敕封"和保护乡民的传说，仍存在被官方取缔的危险。至万历年间，开始出现谢绪为谢达子孙，二人同祀一庙之事。万历《钱塘县志》记载灵惠庙："在孝女北管下墟，祀宋谢达、谢绪，旱涝祈祷辄应。"金龙四大王谢绪从此被纳入谢氏宗族谱系，成为其祖先神。在此后的官方和民间史料中，亦大多沿用这种说法。

清朝建立后，沿用明朝的政策，将对金龙四大王的崇祀推到顶峰。在不断对其进行敕封的同时，亦多次对庙宇进行重修。光绪《杭州府志》记载金龙四大王庙："在钱塘孝女北管下墟，祀宋谢绪。神为淮浙提举谢达之孙，达祀灵惠庙。神行四，生时尝读书金龙山，宋亡死节，为河神，封金龙四大王。国朝顺治三年，封显佑通济。康熙三十九年，加封昭灵效顺。乾隆二十二年，加封广利安民。自嘉庆迄于光绪五年，叠加惠孚、普运、护国、孚泽绥疆、敷仁、保康、赞翊、宣诚、灵感、辅化、襄猷、溥靖、德庇、锡祐、溥佑。雍正三年，按察司副使王钧捐资重修。（雍正）五年，河督齐勤恪苏勒奏请发帑，重新祠墓。淮徐道康弘勋，捐置祭田。咸丰末，经粤匪（指太平军）乱，庙就倾圮。光绪间，里人呈请重修。"

雍正六年（1728），时任淮徐道的康弘勋于睢宁工次堵筑漫口之际，"屡见神明显佑，若式若凭，陡遇工险，随祷辄应"，情愿自捐家资三千两，"以一千五百两交付江南宿迁县，以一千五百两交浙江钱塘县，各于庙工附近处所凭公置买田畴，以备朝夕香火、不时修葺之用"。雍正皇帝批复曰："庙宇工程出于朕之诚意，毋庸捐助置买田地以为香火之资，康弘勋既有此愿，自属可行。"光绪十四年（1888）二月，时任山东巡抚张曜自愿捐银两千两，用于重修钱塘安溪金龙四大王庙。其奏折云："臣祖籍浙江，接故乡绅士函称，金龙四大王祠宇二处，一在省城武林门外，一在北乡之安溪。墓在安溪金龙山之阳。嘉庆六年，前浙江巡抚臣阮元，遵奉雍正七年上谕，转饬地方官，列入防护册，按年报部。

自经兵燹，祠宇倾颓，祀产失管。吁恳饬下浙江巡抚臣将金龙四大王祠墓，委员兴修，责成地方官防护，按年报部，并请列入祀典，由臣捐助工需银二千两，解往浙江，并造具事迹册，咨送礼部。"历时两年，大王庙的重修最终完工。将头门、正殿、寝宫，并金龙山茔墓，并祭祀谢达的灵惠祠，尽行修缮，共费工料银五千余两。除山东巡抚张曜捐资两千两外，不足之数，由晚清著名藏书家、钱塘当地士绅丁丙捐资而成。光绪二十年（1894）春，浙江巡抚廖寿丰《安溪重修金龙四大王庙碑》详细记载了此次庙宇重修的经过："天目之山，苕水出焉，水挟沙砾，或涝或于，岁均无以稔也。光绪十年甲申春，请于前抚军刘公，拨所部疏治苕溪，冀收蓄泄之效，以为水旱之备。尝临视苕上，有所谓安溪者，实王之故里，祠墓在焉。里人仲教谕学辂、丁大令丙佐理浚溪之暇，言及王之祠墓，雍正朝奉赐帑营建，再遭兵火，祠圮墓荒，方规兴复，会钱塘张朗斋中丞，以巡抚治河山东，感王之灵，河流顺轨，捐俸入告，愿葺王之里祠。时苕水疏瀹已竣，中丞书抵两君，相与鸠工庀材，经之营之。既复庙貌，更封神墓，祠旁祀王之先世，号灵惠庙，亦并新之。工费不足，则丁君任之，仲君且纂祠志，以永其传。（光绪）二十年甲午春，寿丰恭承恩命，来抚是邦，两君以肇修是祠，实起于寿丰之疏治苕溪，因请为记。"

重修后大王庙高大轩敞，气势非凡，雕梁画栋，飞檐描金。庙前立有石狮子一对，尽显威武。正方形旗杆石一对，凡祭奠朝拜之日，幡旗飘扬。还有石碑坊四座，均是镂孔石雕坊顶，高大轩昂。庙院围墙更是少见，系由形状不一大小不同的多角石料拼砌而成，构工精巧独特，其缝隙之严密，针尖难插，这种墙体俗称为"虎皮墙"。大王庙殿宇共三进，前殿紧靠庙门，上悬"手挽大河"匾额，四周立有石碑数方，出前殿跨过石板天井便是大殿，殿正中央塑有谢绪金身塑像，两边塑有貔貅四尊。大殿后面即是后殿，塑有谢绪夫妇并坐之像，两旁塑有侍从、丫鬟四尊。

金龙四大王修建完成后，当地官民每年春秋二度开祭于大王庙，以表崇敬。抗日战争爆发前夕，大王庙祭祀列为杭县活动事项之一，县长叶风虎尊谢绪为民族英雄，曾亲临致祭，宣读祭文。凡开祭时日，大王庙内挤满四乡人众，拜忏念佛，钟磬齐鸣，跪拜列队，香烟缭绕，善男信女将前后五十余间房屋占据殆尽，遇有苕溪行船客商，亦抛锚上岸参拜，足见人们对谢绪的崇敬与怀念。解放初，大王庙曾充作下溪村小学校舍。1958年，又被改作杭州市精神病管理所的病室。1982年，安溪乡建造影剧院，大王庙被彻底拆毁，所有砖木充作影剧院建房材料。

二、金龙四大王庙的日常管理

杭州钱塘安溪金龙四大王庙有专门的祭田。关于祭田的来源，雍正六年（1728），清钱塘知县秦炬《置祭田记》做了详细的记载："雍正纪元之四年，河清万里，皇帝敬隆秩祀，以答神庥，诏发帑银，建金龙四大王庙于江南之皂河。而浙江钱塘县金龙山之阳，神之祠墓在焉。奉旨整而修之，殿堂门庑，金碧腾光，荆棘攸除，鸟鼠攸去。工程既竣，而淮徐道康公（康弘勋），藉神之佑朱家海，大工告成，愿捐资三千两，以一千五百两置祭田于江南，以一千五百两置祭田于钱塘，俾世奉烝尝，而以其余，为岁修之费。……炬材力弗逮，谨承宪意，买本县调露十五图陈黄氏征田二百二十亩一厘八毫三丝五忽，委本县儒学曹廷献，履亩以稽，于是正其广轮，总其岁入，守之于官。凡牺币之数，岁修之费，书之于籍，使千百年嗣守兹土者，永有法则。"对于祭田的使用和管理，雍正十年（1732）十一月，钱塘县儒学《祭田收支规则碑》做了详细的规定：

杭州府钱塘县儒学，为知会事，雍正八年十月十六日，奉杭州府正堂加二级在任守制乔宪牌，雍正八年十月初七日，奉总督部院兼管巡抚事李批本府议，详金龙四大王祠祠田，年额征收，支给各项规则缘由，奉批如详，饬令勒石永遵。其经收官吏胥役人等，如有额外需索，从中侵蚀情故，该府县立即详明察究，毋任滋弊，缴册存查，等因批府下学奉此，遵将宪定规条，勒石永遵，施行须至。碑者今开：

一议得置买陈黄氏征田，丈实共得二百二十亩三分五厘二丝三忽，每年应征额租计米二百二十石三斗五合二勺五杪，永为本祠祀产。印契著令该县出具收管，放存入册交代。仍立碑永禁质典侵盗。情弊违者，卖买各治以罪。

一议得佃户，务选诚实农民，佃种租息，按时完纳，俱令当堂具认，查验明确，批准盖印，始予承种。如有奸细，捏名私租，私顶滋负，欠拖延宕，立时详革，究追治罪，以清积弊。

一议得祀田，既近乡都，每年收租，需添船只、袋口、人工、饭食、搬运诸费。今议本田系膏腴之产，应自雍正八年为始，将所完租息，酌量折中，每亩一石，定折征银九钱九八平色，令佃户及期赍赴管收衙门收纳，出给印串收据。如无印串，即系私混，仍著追完，不得额外加耗，亦不许以歉岁再行请减，久远著为定规。

一议得租田，原以置供祀产，该县原详，每祭动用二十两，春秋二次，共银四十两。买备祭品，及俎豆、牲醴、楮帛、果案、香烛等项，庶为适中。临期，本府委员往祭，听子孙自行散胙，以沾宪恩。

一议得神祠，朔望晨昏，香烛灯油，该县议每岁给银七两二钱，遇闰月加银六钱。查香烛等项，原以昭诚敬而肃瞻仰，应如所议按给，但寺僧不得扣减侵渔，致滋亵渎，察出究追。

一议得奉祀，嫡裔谢，逢时每岁给米十石，稍资膳读，俾得世守蒸尝。又经管后裔谢，正朝纳粮，办祭监修祠宇，稽查出入，不无劳费，应照奉奉祀例，亦给米十石，使之并沾祖泽。

一议得守祠，僧智远专司看守祠墓，启闭洒扫，一人不足管理，许其收徒一名，协同承应，每年每名给米六石，两名共给米一十二石，遇闰各加五斗，以资日食口粮。

一议得租米，既已折征，其应给各项，亦照折价例，每石折银九钱，不得以米价贵贱，纷更定议。

一议得祠宇，地处水滨，易于伤损，除上年雷雨损坏之处，现饬该县估价，俟收租后修整外，嗣后遇有坍缺，该奉祀禀报该管官，随时勘报请修，毋致积久，日损多费。

一议得田租，折价征收，奉宪饬行委员专理。第省会杂职等官，不时有差委及分巡之责，今本府查得钱塘县教谕，堪委董理斯任，候批示日，饬令征租完纳给串，仍将所收租银，解贮钱邑县库，遇有支用，移明给发。除每年额定应用之项外，多者存为修葺祠宇。各费统于年终，该教谕造具出入数目，移县报销。

为保护金龙四大王祠墓不受破坏，光绪十七年（1891）四月，钱塘县专门发布了《钱塘县束告示》，内容如下："为永禁事，照得本县境内，孝女北乡，土名下墟湾，向有金龙四大王祠墓，历朝敕加封号。雍正五年，奉旨发帑兴修，每岁春秋，由钱塘学官主祭。另给祀田，将每年租息，作为时祭及殿宇岁修等费。案照头门碑记，经办多年，至咸丰庚申、辛酉岁，迭遭兵燹，庙貌倾废，祀典阙如。光绪十四年，山东巡抚张曜，准浙江绅士函商重建，特捐廉银二千两，奏请修复。奉部咨明浙江巡抚，饬照章认真办理等因。遵将头门、正殿、寝宫，并金龙山茔墓，神之先世灵惠祠，尽行建竖。计费工料，合纹银五千余两，祠墓乃得焕然一新。查该祠前对西险大塘，经绅士丁丙、仲学辂，谨择要区，设立险塘，岁修公所。据称，该祠系奏明兴修之处，与寻常社庙不同。诚恐无知乡愚，寄顿什物柴草，不顾体制，以及外来游痞，托言逃难，盘踞旅宿，非特损伤墙屋，亦且亵渎神明，殊非朝廷设祀崇祠之至意。为此，合行出示永禁，仰诸人等知悉。尔等须知，金龙四大王忠肝义胆，身后不磨，灵迹所昭，岂惟河渎，凡有血气者，咸宜尊敬，况下墟湾谊关桑梓，更不待言。嗣后，倘有前项情弊，许公所董事暨管庙司事，鸣保禀县，以凭究办，决不姑宽，毋违特示。"

三、官民视野下的金龙四大王庙

明清时期官方和民间将谢绪塑造成忠义的化身。谢绪的忠义形象也吸引了众多文人、墨客前来游览、凭吊，使得金龙四大王庙成为当地著名的文化景观。钱塘人张丹《谒金龙四大王墓》云："百世忠贞气，吾乡有至神；生时伤板荡，殁后展经纶。报国心无已，投渊志必伸；吐辞何慷慨，殉节更酸辛。天意乾坤旦，民怀草木春；大江盘楚蜀，四塞达齐秦。逆浪冲星宇。阴云佐水滨；明威黡玉简，章物表龙鳞。庙貌冠裳古，炉烟俎豆新；灵夔那敢怒，脖马顿能驯。万橹扬沙疾，千樯溜水频；秋波涵柳堰，夏雨润桃津。德被归真宰，功驱迈帝臣；冰声吹裂竹，日色荡行轮。屡过瞻帷座，堪怜老钓缗；对公生感激，拭泪在衣巾。"钱塘人吴焯《谒金龙四大王祠》："千古灵胥气未销，青霓曳曳下云翘。巫师但击灵鼍鼓，更有何人赋大招。"清代常州诗人龚士荐《谒金龙四大王庙》："激荡中原气，灵光万古留。位非同相国，志已在春秋。封怒含沙尾，云横落远洲。丹青英爽近，极目大河流。"钱塘人陈文述《安溪吊谢绪》："竟以安溪作汨罗，三宫行矣事如何。陆张有志终沉海，韩岳无人孰渡河。终古金龙垂祀典，也同白马溯江波。孤山正节还祠庙，从古书生报国多。"

安溪谢氏宗族与官方将安溪塑造成金龙四大王祖庙所在，对神灵的崇祀成为连接谢氏宗族的情感纽带。安溪谢氏宗族为宣扬祖先神迹，在祭祀、祠墓维修等方面不断寻求官方支持。康熙年间，河神谢绪第十七世裔孙谢裕高请求官方重修祠庙，其《请修祠墓呈文》云："先神金龙四大王，姓谢讳绪，晋太傅文靖公讳安之三十一世孙也。宋末生于钱塘孝女北乡，痛宋室倾覆，赋诗二首，投苕水而殁，附葬金龙山祖茔，附祀，宋敕建灵惠祠，郡邑志乘，昭然可考。……先神生葬所在僻处乡隅，庙倾像毁，坟墓荒芜，裕高等子孙中落，力难修理。窃念先神，忠等屈原，功追神禹，司河源之通塞，祠民社以无虞，扶危定倾，猝然立应，是以四百万国储，七省漕艘，悉倚先神为系命。凡舟航南北者，望空且为祭赛。况先神生身之乡耶，如岳武穆、于忠肃诸公，凡有功前代者，无不立庙，而先神功绩著于兴朝，护佑及于军国，今祠宇荆榛，丘垄倾颓，伤心惨目，仁孝同哀。……为此驰吁大宗师，轸念神功，……酌委官员，修葺祠墓，以崇祀典，以妥先灵，则河漕永奠、军国呈瑞。"康熙三十五年（1696），安溪谢氏宗族又参与杭州北新关金龙四大王行祠的修建，敩福合《修建金龙四大王祠墓募疏》云："今诸绅士同其后裔更择于北关水口创建行宫，则烟火万翁，舳舻千里，漕艘行商，咸得以时申虔祷，皆知神灵所栖而加焉。"许延邵《募建金龙四大王行殿引》亦云："钱塘谢生名崧高者，获请于当事，祠墓并建，更募建行宫于北新关，次而吾邑，故友行之之。令侄谢生，名天荷，令孙谢生，名廷恩，合志以光祖烈。集其宗人，奔走从事，后先不怠。"乾隆二十八年（1763），杭州漕帮于嘉兴府石门县建金龙四大王庙，"适有王之二十四世孙谢掌纶持画像募修复墟祠，僧曰此地正拟造庙，盍留像以垂久远。"钱塘安溪谢氏宗族在一定程度上推动了金龙四大王信仰在江南地区的传播。

金龙四大王庙宇建成后，还成为官民祭祀的重要场所。雍正五年（1727）十二月，时任浙江总督李卫前往钱塘安溪祭祀金龙四大王庙。其祭文曰："伏以圣明御极，群神效拥护之灵；河海晏清，盛世著崇祀之典。恭维金龙四大王，志扶社稷，节并文山，默佑淮河，功同神禹。特蒙皇恩，发帑敕建祠墓。今率僚属致祭，用告工成。维神歆此，微忱安澜，永奠尚飨。"此外，庙内还有浙江总督李卫以及浙江总督性桂、浙江巡抚仕舢、两淮盐政高斌等人撰写的匾额和对联。钱塘安溪金龙四大王庙建成后，每年春秋二仲地方官员和民众开祭于大王庙。直到抗日战争爆发前夕，大王庙祭祀仍被列为杭县活动事项之一。每年农历七月二十四，塘栖、安溪当地的民众还会自发举行金龙四大王出巡的"龙王会"。

运河功臣郭守敬

崔建利　王欣妮

一、开物成物，功施千载的水利专家

郭守敬（1231—1316），字若思，河北邢台人，元代著名科学家，在天文、水利、数学等方面都有杰出成就，明史称其"生有异操，不为嬉戏事"[1]。郭守敬的祖父郭荣学识渊博，不但通晓经书，对数学、天文、水利等都有研究。童年时代的郭守敬在祖父的教育和熏陶下，对自然科学知识产生了浓厚的兴趣。后又跟从刘秉忠学天文、地理等知识，中统三年（1262），由于他在科学及水利方面的不俗表现，被推荐给忽必烈，当时便向忽必烈陈述水利六事，世祖叹曰："任事者如此，人不为素餐矣。"[2] 至元二年（1265）郭守敬即被任命为都水少监，协助都水监管理河渠、堤防、桥梁、闸坝等修治工程。至元八年（1271）升任都水监，主管全国的水利事务，而对京杭运河的重新规划与设计，便成为郭守敬水利成就的亮点之一。

历史上的中国大运河虽然都以京、杭为端点，但大体经历过两种规制或走向。一种是元代以前的大运河，主要是隋唐时期形成的，以中原腹地洛阳、开封等为中心向北京、杭州两个方向展开，略呈扇形或弓形分布，学界一般称之为隋唐大运河或大运河；另一种是元代以后的大运河，通过山东段运河的开凿，京杭之间不再绕道洛阳一带，航道被大大拉直和缩短，这就是学界乃至民间沿称至今的京杭大运河。京杭大运河的真正设计或规划者便是郭守敬。通过对隋唐大运河的截弯取直，京杭之间缩短行程近 800 公里，初步奠定了元代迄今京杭大运河的走向和格局。这是郭守敬对京杭大运河的最大贡献。此外，郭守敬还设计并亲自主持了通惠河的修建，使漕粮可以直运京城。由于郭氏对京杭大运河的形成具有决定

---

[1]　（明）宋濂：《元史》卷一六四，列传第五一，第 2435 页，吉林人民出版社，1995。
[2]　（清）柯劭忞：《新元史》卷一七一，列传第六八，第 2763 页，吉林人民出版社，1995。

性的贡献，故被尊称为京杭大运河之父。

二、元朝定都北京，大运河重心北移

元代以前的大运河主要是隋唐时期开凿或形成的，虽然这时的大运河也是北起北京，南及杭州，但运河的中心或重心在洛阳一带。至元八年（1271），忽必烈废弃"蒙古"国号，定国号为"大元"，将国都定在燕京并改称大都，打破了宋代以前中国历代大一统王朝将国都定在中原腹地长安、洛阳或开封的局面，同样，以洛阳、开封等为中心呈扇形张开的大运河，也不得不将其重心移到了最北端——大都。至元十三年（1276），元朝发兵攻占南宋都城临安（今杭州），统一了中国全境。江南粮仓对于元政府的重要性更为显著。当时的南粮北运主要有两条途径。一是海运：粮船从江苏太仓刘家港起锚，出长江口沿海岸北上，绕过山东半岛，驶入渤海湾，傍岸到直沽（今天津市），然后再循白河（今北运河）达通州（今北京市通州区）。海运有优点，如运量大，节省人力和费用，但海难较多，常有船舶漂失，不及河运安全。一是水陆转运：江南漕粮沿江南运河、淮扬运河、黄河、御河（卫河，相当于永济渠中段）、白河抵通州。这条运道问题较多。黄河为西东走向，北上漕船须向西绕道河南封丘，从封丘到御河，还有200多里，无水道可以利用，必须改成车运，道路泥泞，车行困难。而且，因为兵连祸结，战乱频仍，这条运路中的漕渠多受损毁。其实，自北宋徽、钦二宗起，运河已渐淤塞，靖康年间，金人南下，汴京被围，漕运几近中绝，汴水"堤岸失防，汴流久绝"[1]。"靖康而后，汴河上流为盗所决者数处，决口有至百步者。塞久不合，干涸月余，纲运不通，南京及京师皆乏粮。"[2] 金与南宋中分南北达数十年，隋唐以来的大运河被拦腰切断。乾道年间的南宋使臣楼钥在北上途中

---

[1] （宋）邓肃：《辞免除左正言第十六札子》，载曾枣庄、刘琳主编：《全宋文》第183册，卷四〇一五，《邓肃》二，第129页，上海辞书出版社、安徽教育出版社，2006。

[2] （元）脱脱等：《宋史》卷九四，《河渠》四，第1490页，吉林人民出版社，1995。

见旧汴水"河益埋塞，几与岸平，车马皆在其中，亦有作屋其上"[1]，可见，老汴河已是一幅残败景象，水陆转运的困难可想而知。

因此，如何将大运河截弯取直，从淮北直接穿过山东进入华北以达大都，成了元政府的当务之急。

三、山东段运河的规划与修建，大运河截弯取直

1. 郭守敬奉命考察，初步绘出大运河截弯取直的线路图

面对多渠道运输均有不便的局面，元政府逐步于山东西部大力兴举了开挖新漕渠、划直南北大运河的工程。至元十二年（1275），元军大举进攻南宋。因军事转输问题，元廷"议立水站，命（郭）守敬行视河北、山东可通舟者"[2]"守敬自陵州至大名，又自济州至沛县，又南至吕梁，又自东平至纲城，又自东平清河逾旧黄河至御河，自卫州御河至东平，自东平西南水泊至御河，乃得汶、泗与御河相通形势，为图奏之。"[3]初步形成了大运河弃弓走弦的方案，即将隋朝完成、呈扇面展开的大运河截弯取直，北端自大都起至通州，保留永济渠河北段，后进入山东德州，再南下聊城、临清、济宁，进入永济渠、山阳渎，经扬州越过长江与江南运河连通，直达运河最南端的杭州。弃"弓"走"弦"后的这条南北大运河，比起扇面展开的隋唐运河航路大大缩短。

2. 济州河的开挖

郭守敬所规划的大运河截弯取直路线深得元世祖的首肯，朝庭本计划于至元十三年（1276）正月开始"穿济州漕渠"工程，但当时对宋战争正在进行之中，没有力量从事这项工作。再则，因制定新历法的需要，郭守敬被调去负责历法的

---

［1］ （宋）楼钥：《北行日录》卷下，载曾枣庄、刘琳主编：《全宋文》第265册，第78页，上海辞书出版社、安徽教育出版社，2006。

［2］ （明）宋濂：《元史》卷一六四，列传第五一，第2436页，吉林人民出版社，1995。

［3］ （清）柯劭忞：《新元史》卷一七一，列传第六八，第2763页，吉林人民出版社，1995。

制定，郭守敬主政的"都水监"也合并到了工部。直到至元十八年（1281）十二月，元政府才按郭守敬的规划方案，派兵部尚书奥鲁赤负责修建自济州（今山东济宁市）至须城（今山东东平）安山镇的济州河，翌年十二月完成，全长75公里左右。济州河引汶水、泗水为源，当时亦称"东平府南奥鲁赤新修河道"。济州河挖成后，开始了引水工程建设，主要是开挖引水河道和对相关河流上原有的闸坝进行改建，原计划修建十四座石闸。至元二十一年（1284），朝廷另责成漕运官员马之贞和监察等到实地巡视并负责修改闸坝计划，最后确定建造八座石闸和两座石堰。这样，漕路由淮河入泗水（今中运河），经济州河北达安山，出大清河（今黄河下游）经东阿（在今山东东阿南）、利津（今山东利津）入海，漕船再循海岸北上入直沽（今天津市大沽口）转赴大都。即南来漕船可直入大清河至利津县出海，海运至大沽以达通州。后来改由安山以北陆运至临清转入御河抵通州。这两条运输线路或风险太大或耗费人力，于是，开凿一条将济州河与御河连接起来的新河道的呼声日高。

3. 会通河的开凿

至元二十四年（1287），太史院令史边源、寿张县尹韩仲晖向朝廷建议：自安山穿渠至临清通御河。这正是郭守敬早已规划好的通漕线路。于是中书省派漕运副使马之贞与太史院令史边源等人再去勘察地形，并且估算工程费用和所需要的材料，绘图上报。前期工作准备妥当之后，元廷下令开凿会通河，具体施工由礼部尚书张孔孙、兵部尚书李处巽和马之贞主持。工程于至元二十六年（1289）正月开始，起于须城安山之西南，止于临清之御河，全长125公里，当年六月十八日竣工。初名安山渠，因为它是通江淮之运的黄金水道，忽必烈命名为"会通河"。

郭守敬在会通河的开凿中究竟起没起到作用？或起到什么样的作用？现存文献对此记载颇显混乱。有的将郭守敬视为会通河开凿工程的直接负责人，有的则认为会通河的开凿直接由礼部尚书张孔孙等负责，与郭守敬无关。其实，这两种观点都有失偏颇。实际情况是，济州河、会通河的开凿线路是郭守敬受朝廷之命早就勘察规划好了的，就这点来说，郭氏应为会通河工程的规划和设计者。再则，会通河修凿过程中，郭守敬虽不直接负责工程，但作为当时的工部郎中并太史院负责人，郭守敬对此工程应该负有管理或指导责任。因为会通河开工前后，都水监已经并入工部，太史院主管正是当时的工部郎中郭守敬。至元二十三年（1286），郭守敬已经完成了《授时历》的相关研究与天文历法及测验图书的编写和整理工作。因此，会通河开工前后，郭守敬已经有时间参与这段工程的管理和指导工作。元代人王喜在《治河图略》中记曰：

世祖皇帝尝设置分监，委任都水马和之、郭若思疏决新河之水，导黄流由安山抵临清接御河，相地形设开堰，通漕运，遂成千载之功。[1]

马和之即马之贞，字和之，郭若思即郭守敬。"新河"即指当时新开凿的会通河。时人王喜的这段记载是可信的，说明会通河的开凿过程中，郭守敬作为部门负责人，亦应负有管理或指导之责。

济州河、会通河（明代重浚会通河后，这两河段通称会通河）的开通，使山东运河规模初备，尽管当时郭守敬没能选准南旺分水点的正确位置，从而使这段运河的通航能力大大受阻，以至从总体上影响了京杭大运河的运输能力，但通过大运河截弯取直、弃弓走弦，大大缩减了航程和运输成本，实现了江南物资由徐州北上直通京都的现实，从而真正奠定了全长1794公里的京杭大运河的规制和基础。

---

[1] （元）王喜：《治河图略》卷首"治河之图"，载《丛书集成初编》第1486册，第20页，中华书局，1985。

四、开凿通惠河，漕船直抵京城

在郭守敬设计并负责督开通惠河之前，江南漕粮只能通过大运河运到通州。本来从通州有一条运粮河通往京城（大都），但因为水源不足，通航能力差，多半处于荒废状态，只好将漕粮从通州用牲口驮运到大都，不仅耗费人力，而且一到雨季，道路泥泞，畜病人疲，运输更显艰难。所以，让大运河直通大都，就成为元政府面临的一项重要任务，这一任务自然又落到了水利专家郭守敬的头上。至元二十八年（1291），郭守敬经过仔细考察，决定在旧的京通运粮河上重新开浚。提出了大规模跨流域调水，疏流通州至都城河，修建京通运河的规划："疏凿通州至大都河，改引浑水溉田，于旧牐河踪迹导清水，上自昌平县白浮村引神山泉，西折南转，过双塔、榆河、一亩、玉泉诸水，自西（水）门入都城，南汇为积水潭，东南出文明门，东至通州高丽庄入白河。"[1] 即引白浮泉水沿地形等高线西折而南，出南水门，合入旧运粮河的一亩泉、玉泉诸水入京城，这就成功地解决了老运粮河水源不足的问题。为了进一步解决旧的运粮河河床坡度大，不易存水的问题，郭守敬还对坝闸和斗门进行了改进，不但节约了水源，还使漕运更通畅。通惠河全长82公里，工程从至元二十九年（1292）春开始动工，翌年秋全部完工。至此，从杭州至北京全长1794公里的京杭大运河全线通航，江南漕船直接驶入大都城。元世祖忽必烈看到漕运通了，积水潭水面上来来往往的帆船，异常高兴，遂将京通运河赐名"通惠河"。

---

[1] （清）柯劭忞：《新元史》卷五三，志第二〇，河渠二，第1353页，吉林人民出版社，1995。

吴锡麒旅行日记中的清代京杭大运河

胡梦飞

吴锡麒（1746—1818），字圣征，号谷人，别署东皋生，浙江钱塘（今杭州）人。乾隆四十年（1775）进士，改庶吉士，授翰林院编修。四十九至五十年（1784—1785），两充会试同考官。嘉庆六年（1801），授国子监祭酒。乞归后侨寓扬州（今江苏扬州），历主东仪、梅花、安定、乐仪等书院讲席。工骈体，又善词、曲。浙中诗派，前有朱彝尊、查慎行，继之者杭世骏、厉鹗。二人谢世后，推吴锡麒，艺林奉为圭臬。吴鼒选骈体文，以吴与邵齐焘、王太岳、刘星炜、袁枚、洪亮吉、孙星衍、孔广森称八大家。其词，论者谓可与吴伟业、厉鹗抗衡。陈廷焯则称其词"清和雅正"（《白雨斋词话》卷四）。谭献《箧中词》称其为"名德清才，矜式后起，诗规渔洋（王士禛），词学樊榭（厉鹗），可云正宗；而骨脆才弱，成就甚小"。著有《正味斋诗集》十六卷、《文集》十六卷、《骈体文》二十四卷、《词集》八卷（包括《忏月楼琴言》四卷、《三影楼写生谱》三卷、《铁拨余言》一卷）、又有《续集》二卷及《渔家傲》传奇。生平事迹见《清史稿》卷四百八十五、《清史列传》卷七二《文苑传》、《国朝耆献类征》卷一百三十二、张维屏《国朝诗人征略》卷四十四等。

　　吴锡麒在其《还京日记》和《南归记》中，对其两次运河行程的见闻做了详细记载。《还京日记》共一卷，系作者由杭州钱塘返京的旅行日记，自乾隆五十八年（1793）九月二十八日起，至同年十一月十五日止，其乘船沿运河至淮安，以北陆行。作者对运河沿岸的风土民情和名胜古迹做了详细记载，尤其是对江南及淮扬运道城镇、闸坝等内容的描写，具有重要的史料价值。《南归记》一卷，系作者嘉庆二年（1797）从北京返杭州时所写的日记，起三月十二日，止闰六月廿二日。由于此次南行全程沿运河南下，再加上对沿途所经城镇、闸坝往往考证其源流，叙述其沿革，故相较《还京日记》，《南归记》的史料价值更为突出。

乾隆五十八年（1793）九月二十八日自杭州起程，二十九日晓，过塘栖。塘栖镇，位于杭州市北部，始建于北宋，自元代商贾云集，蔚成大镇，明清时富甲一方，贵为"江南十大名镇"之首。京杭大运河穿镇而过，使其成为苏、沪、杭、嘉、湖的水路要津，为杭州的水上门户。吴锡麒在其《还京日记》中记载："塘栖一名唐栖，故老相传有唐人栖止其上，故名。宋时尚无此镇，自运道改移，帆樯鳞集，鱼米缎采之利比于大都，居民聚族而栽宇者盖万计焉。"时值晚秋，层林尽染，江南运河沿岸的景色美不胜收，这也给吴锡麒留下了深刻印象。"十月二日阴，舟人五鼓解维，比晓已过王江泾矣。虚烟抹林如泼水墨，清霜变叶，间杂丹黄，郊屋几家，稻堆高于檐角。酒帘一桁，渔艇聚于门前，足畅吟襟，尤饶雅趣。经平望眺，莺湖一镜，澄明四远无际。佳饶菱芡，亦富鱼虾，诚水国之沃区也。居人多捕鱼为生，鸬鹚一军参差出没，鸣厉响，如听指挥。"

　　在北上过程中，吴锡麒途经扬州，对扬州境内的邵伯镇和邵伯湖做了详细记载。邵伯镇，古名"步邱"，又名"甘棠"，因东晋著名政治家、军事家谢安于此筑埭造福于民而得名。邵伯镇位于里运河与盐邵河交汇处，西滨邵伯湖，居运河之要冲，扼江淮之咽喉，水陆交通条件极为优越。自隋代开凿南北大运河后，邵伯日益兴盛。唐宋以后，邵伯已成为"南北舟车孔道，烟火万家，行旅如织"的运河重镇。吴锡麒在其《还京日记》中记载："（十月）十五日，抵邵伯镇。晋太傅谢安出镇广陵时，修筑湖埭，随时蓄泄，田获有秋，莫释苍生之忧，斯享甘棠之爱，因名湖与埭焉。镇有美棠桥、惠政桥，皆以安得，称为南北孔道。商贾所会，闾阎且千，亦广陵之附庸也。"邵伯湖位于邵伯镇西北，因临近邵伯镇而得名。邵伯湖由古潟湖经长期淤积而成，湖水主要承纳高邮湖来水，并经由运盐河、金湾河、太平河、凤凰河及里运河排入长江，在湖东南里运河西堤建有邵伯闸以控制湖泊水量。"（十月）十六日晓，过腰铺，望邵伯湖。时天寒水缩，平波镜清，无风涛之异。若伏秋之交，黄水势大，淮不能敌，往往上带汝泗、寿春之水，跨高良涧、武安墩过山阳高宝尽注于邵伯湖，大浸稽天，此为最险。如俟从瓜仪诸闸曲折注江，宣泄勿宏，沉沦易告。论者谓湾头之东芒稻河闸十八里直达大江，且其地皆不耕之旷土以为尾闾，或可少纾其患云。"

淮安清江浦是明清时期运河沿岸重要的交通枢纽和商业城市，与当时扬州、苏州、杭州并称运河沿线"四大都市"。清江浦的兴起，缘起于清江浦河的开凿。从元代到明初，运河在淮安东北、西北入淮河，与河、淮连接。运河上建坝，而这一段水流特别迅急，故"逾淮达清河，劳费甚钜"。过坝时，重载之船必须把货物卸下，将空船拖过坝，再把货物装上，既费工又费时。明永乐十三年（1415），平江伯陈瑄总督漕运，寻宋代沙河故道加以疏浚，自淮安城西管家湖凿渠 20 里，导引湖水由鸭陈口入淮，为节制水位，修移风、清江、福兴、新庄四闸，舟楫进出河淮，改走此道，这条漕河被命名为"清江浦"，自此运河漕运淮安段由清江浦入淮。清江浦不但是繁荣的商业城市，还是重要的河漕枢纽。明代设有户部管理的常盈仓和工部管理的四大漕船厂，清代则驻扎有江南河道总督等众多官员。吴锡麒在其《还京日记》中记载："（十月）二十二日晓，过板闸。宋故沙河所经处，明平江伯陈瑄于此建闸开漕渠，先以板，故名。午至清江浦，浦乃汉淮阴县，地去今城三十里，初漕舟至淮安过坝度淮以达清河口挽运者不胜劳。平江伯始开运河，自故沙河西北至鸭陈口出，与淮通，谓之清江浦，以免漕舟过坝及风涛之患。国朝河院移驻于此，两岸市肆喧阗，烟火相接，在昔，乘吴距楚，为严险之要区；今则转漕防河又保障之重地也。"在淮安登岸陆行后，沿途所经桃源、宿迁、峄县、滕县、滋阳、东平、东阿、高唐、德州、景州、阜城、交河等地，吴锡麒对此亦做了详细描述。

相较《还京日记》，《南归记》对运河沿岸风情的记载更为详细。嘉庆二年

（1797）三月十二日，吴锡麒由京师乘船抵达通州。《南归记》详细记载了通州的历史及繁盛景象："通州自金始建，名取漕运通济之义。去京师四十里，汉之潞县也。……《畿辅通志》云即白河，古沽水也。今为北运河，元史为通州运粮河，全仰白榆浑三河之水合流，名曰潞河是也。今浑河不入运而通惠、凉水诸河入焉。国家岁转漕数百万，咸会于通，加以仕宦出入，贾商往来，舟楫告臻，帆樯如栉，牵挽之众劳于马牛。邪许之声，杂乎歌唱，粮储流衍，冠盖骈阗，实畿辅之喉衿、水陆之冲要。"十六日晴，晓过张家湾。《南归记》记载张家湾："因元万户张瑄督海运至此而名，卢沟与白河合流处也。水势环回，冬春之交，舟行易致浅阻。……午次里二泗，《元史河渠志》作李二寺，有佑民观，明嘉靖间建，顺治八年世宗章皇帝临幸其地，赐帑重修，杰阁常峨，灵坛有肃，烟望冥渺，春阴若浮。"十八日，至河西务。《南归记》记载："河西务在白河之西，故名。两岸旅店喧阗，货殖充韧。帆樯过市，则白云自飞；灯火沿流，则华星倒落，为京东第一镇，亦漕渠之咽喉也。"二十日，过杨村而泊。"杨村为武清一巨镇。明宣德初，驾征高煦驻于杨村，即此。村人制糕酒有名，南来者多市入京以饷亲友。"二十一日午，至天津丁字沽，以河形似"丁"字，故名。三岔河口位于天津城东北隅（今狮子林桥附近），为子牙河、南运河（潞）、北运河（卫）的三河交汇处，被称作天津的发祥地，这里曾是天津最早的水旱码头和商品集散地。对天津三岔河，吴锡麒在其《南归记》中亦做了详细记载："自顺天武清县纳三角淀之水与白河会而入于直沽者也。又二十里为三岔河，急漩盘回，奔流湍驶。按天津之水有从静海而东北来者，为卫河，其流浊，即古淇水也；有从武清东南来者为白河，其流清，即古沽水也。二水至城东北二百步许而合流为之三岔河。本名三汊口，亦名三汊沽，又东南出直沽注于海。"二十三日，泊于天津。二十八日，过静海县钓鱼台。吴锡麒对钓鱼台的来历做了考证："《静海县志》：县南三十里有太公望钓台，其地有子牙里，子牙河在焉。相传太公曾钓鱼于此。而天津府志特辨其非也。"

四月七日，抵德州。对德州的历史沿革，吴锡麒做了详细考证："此地有罗酒，名著；又有织凉帽胎为业，甫泊唱卖，喧然至上者索价数十金，其制以特勒索草为之，草出口北。"自德州乘车陆行，过禹城、齐河、济南、泰安、兖州，十八日，抵达济宁。与友人游太白楼、南池。二十八日，起程，过天井、任城二闸。吴锡麒对天井闸的来历进行了考证："天井，元之会源闸也，元人过汶水北出阳谷以通卫水；南出、济宁以通泗水，其分水之处为会源闸，即此。"五月一日，过石佛闸"闸上有石佛寺，……寺内有溧阳马（孟河）一龙草书石刻。（马）一龙，嘉靖丁未进士，官南京国子监司业书史。《会要》谓其悬腕运肘，落笔如飞，自谓怀素后一人，然奇怪骇人为书一大变也"。二日，过新店闸，描述了当地的水灾情形："自去年河决丰汛，倒灌诸湖，绵延数百里，皆成巨浸。新店闸以下田庐大半被淹，今春合龙后，堤路稍稍涸出，而运河一带，湖水旁夹，去堤不及尺许，沉沉森森，流如白虹，巾见影舻声往来若接。屯落所聚，颓垣坏堵杂出于柳椿芦沪间，思患防危，悼心霎目。"三日，过仲家浅，记载了仲家浅的由来："一名横坊村，古延就亭也。……上有仲子庙，《志》谓汉更始元年，仲氏避赤眉乱，自泗水下邑流寓任城，久之成聚，因名仲家浅。"四日晓，过南阳闸。"闸东西夹独山、昭阳两湖。……南至李家港，一百二十里皆新河运道也。"对南阳新河开凿的背景和经过，吴锡麒用了大量篇幅进行论述。七日，过韩庄闸。"韩庄闸北至枣林闸皆新河。所经凡运河东岸会滕县鱼台二县诸泉济运者为新河；自韩庄闸南至江南邳州皆上泇河，所经，凡运河南北两岸会峄县诸泉济运者为泇河。"对泇河开凿的原因和经过，吴锡祺亦做了详细描述。对作为运河水柜的微山湖，吴锡祺亦对其做了详细记载："其水北承昭阳，南接郗山、吕孟、韩庄、张庄四湖，要皆以微山湖统之所谓水柜也。往时，以昭阳、马场南旺安山为四大水柜，侵占有禁，耗减有稽，出纳之严，甚于北门之管焉。"

五月十日，过骆马湖，吴锡麒对靳辅、陈潢开凿皂河及中河的经过做了详细论述。午后至宿迁，晚泊小河口。《南归记》对小河口做了详细考证："小河口者，白洋河之支分，睢水所由入河处地。而小河口、白河之下有邱家、白鹿诸湖，湖之下为淮水。自黄河之身日高，睢水地洼，黄水反挟睢水湖水以侵灌淮，而高堰危，此潘季驯归仁堤之筑所以障睢水、湖水，令由小河口、白洋河二处入河以助刷沙也。"十一日，过崔镇。"市肆民居，鳞次栉比，孤篷静阅，半里喧闻。"十二日，过桃源。十三日，抵杨庄。《南归记》记载杨庄："即黄河口也，自河臣靳辅引骆马间水开中河以避黄河一百八十里之险，当时或赖其利，然出清口至仲庄闸犹行黄河二十许里也。康熙四十六年有诏，东开杨庄引河，放漕船顺流以达于中河，由是尽避逆险，千帆相接，一篙可杭，易风涛为衽席矣。"

五月二十三日，抵达清江浦。在《南归记》中，吴锡麒对清江浦的来历和沿革做了详细考证。二十五日，赴王家营。"王家营与清江浦分河为界，陆路入京，此为孔道。康熙二十七年大水被冲，知县管钜捐资买地，东迁里许，生聚十年，招徕百族，隐隐展展盛于往时。"对过河之艰难，《南归记》亦做了记载："六月三日，过河。浅滩或涩。迅溜若奔，舟子泅波宛浮，野鸭旅人剪纸争赛，波臣或柁折而樯摧，或需沙而人坎。余渡黄屡矣，而险阻艰难莫甚于此。迨至彼岸，既登布帆无恙，莫不酌酒而贺矣。"五日晴，午后始放舟过三坝。对淮安束水三坝，《南归记》亦做了详细考证："《志》称束水三坝，善因运口南接淮水，直泻易隘，乃于上流折流分流之处递建三坝，收束水势，以利漕运也。"九日，过惠济、通济、福兴诸闸。对三闸的由来和变迁，吴锡麒进行了详细考证。十日，移舟至清江浦，泊禹王台。十一日，移舟过龙王闸，即清江闸也。十二日，过淮关，移舟至移风上、下二闸。《南归记》记载："上闸在下闸南十里，亦名板闸，皆陈平江所建。……又里许为河北镇，俗呼西湖嘴，当黄河未决徐湾以前，镇在河北，故名，今已在河南矣。尚存旧河一道，自钵池山后抵新城北门外三东坝，名为盐河，盐运分司旧驻安东者，今乃移此。盐官所在，食力之家不下数千户，商贾辐辏，丽于维扬，故有小扬州之称。"六月十四日，过邵伯镇，晚抵扬州。吴锡麒在扬州停留二十余日，《南归记》详细记载了其在扬州的交游情况。闰六月八日，抵镇江京口驿。十一日，抵丹阳。十二日，抵常州。十五日，至苏州，泊胥门外。十八日，过伊家桥，晚泊塘栖。二十二日，自塘栖开船至杭州，泊拱宸桥，结束了其在运河的行程。

吴锡麒《还京日记》《南归记》对于研究运河水利史、城市史具有重要的史料价值。尤其是《南归记》，由于记载颇详，在一定程度上，我们可以称其为描述清代运河风貌的"百科全书"。在《还京日记》中，除记载其在江南、扬州、淮安等地的见闻外，对山东、直隶等地的风土民情和名胜古迹做了大量描述和详细考证。在其《南归记》中，除记载沿途所经的城镇、闸坝及名胜古迹外，还考证源流，叙述沿革，尤其是对河漕重地淮安的黄运河道及闸坝用力颇深。因其为诗文名家，文笔优美流畅，亦使得这两本日记的文学价值极为突出。此外，作者还用大量篇幅记载了其与友人的交游情况，对于了解其生平亦具有重要意义。

参考文献

［1］（清）吴锡麒：《还京日记》《南归记》，历代日记丛抄第 33 册。
［2］（清）魏源修、裒埏等纂：康熙《钱塘县志》卷二、卷三。
［3］（清）阿克当阿修、姚文田、江藩等纂：嘉庆《重修扬州府志》卷二五、卷二六、卷二八、卷三〇、卷三一。
［4］（清）孙云锦修、吴昆田、高延第纂：光绪《淮安府志》卷三、卷五、卷六、卷七、卷八。
［5］（清）胡裕燕、吴昆田等修纂：光绪《清河县志》卷三、卷四。

治河与藏书

——道咸之际的南河总督杨以增

王云

杨以增（1787—1855）字益之，号至堂，亦名东樵。清东昌府聊城人。幼年丧母，由其祖母抚养成人，勤奋好读，博览群书，长于经学，于名物、象数、音韵、训诂皆入门径，尤雅好藏书，筑"海源阁"庋藏海内珍籍二十余万卷。道光二年（1822）中进士，历任贵州荔波、贵筑知县，遵义、贵阳知府，广西左江道，湖北安襄郧荆道，湖北按察使，河南开归陈许道，甘肃按察使，甘肃布政使、陕西布政使、陕西巡抚。道光二十八年（1848）就任江南河道总督。咸丰五年（1855）底卒于清江浦，时年69岁。谥号"端勤"。杨以增一生喜读书，爱收藏，以藏书大家闻名遐迩。同时他又是一个沉浮官场几十年的朝廷要员，在任江南河道总督期间，他的宦途和藏书都达到了顶峰。本文搜集正史、方志、实录、奏疏、笔记及台北故宫博物院藏杨以增传包资料，对杨以增主政南河时期的活动做一综合考述，以就教于方家。

一、履难蹈险赴南河

公元1194年，黄河在河南阳武决口南侵入淮。黄河携带大量泥沙使清口以下淮河干道逐渐淤积，并在淮河中下游结合处造就了洪道型湖泊——洪泽湖。元明清定都北京，每年需从江南调运数百万石漕粮经京杭运河北上。黄河在淮安与运河、淮河交汇，使得这一带成为险要之地。至清代，黄河对淮河下游的侵淤日益严重，形势更为复杂，南河成为清政府的重点整治地区。为此，清政府专设江南河道总督，驻扎清江浦，重点治理南河。

河道总督始创于明成化年间（简称河督或总河），首任总河是工部侍郎王恕，驻扎山东济宁，负责黄河与运河全程的修防事宜。清因明制，设河道总督为治理河道的最高长官，"顺治初，设河道总督一人，驻扎济宁，综理黄运两河事务"。

此后，随着黄、淮、运纠结侵淤的日益严重，淮安的重要性日益凸现，康熙十六年（1677），河道总督衙门由济宁迁移至江南清江浦（今江苏淮安市），反映出清朝政府对黄运交汇之地的重视，所谓"河工自康熙中即趋重南河"。雍正时分总河为三：一为江南河道总督，管理江苏、安徽两省的黄、淮、运道。简称南河，驻清江浦。二为河东河道总督，管理山东、河南的黄河与运河，简称东河，驻济宁。三为直隶河道总督，管理海河水系及运河，简称北河，驻天津。"自是，北河、南河、东河为三督"，共同"掌治河渠，以时疏浚堤防，综其政令，营制视漕督"，一般为正二品官。河督以下河道管理机构分为三级：道、厅、汛分段管理，并设有文职、武职两系统。厅与地方的府、州同级，设同知、通判，汛同县级，设县骋、主簿等。

在三河督中，江南河道总督管理江苏、安徽两省的淮河、运河与黄河河道，总督衙门所驻的清江浦是淮河、黄河和运河三河的交汇处。清代，黄河决口次数频繁，河水倒灌容易使得运河淤垫严重，从而给漕运造成很大的困难。需要不断地堵黄、疏运，河工工程异常繁重。因而南河总督责任重大，朝廷多任命能臣或满蒙要员担当此任，如尹继善、白钟山、刘统勋、鳞庆、萨载等。

黄河自南宋夺淮南流，至清朝道、咸之际已有700多年，入海口被黄沙淤垫严重，下游之水宣泄不畅，又造成河床升高成为地上河，因而一到汛期，常常溃决，人称："塞于南难保不溃于北，塞于北难保又溃于上，塞于今岁难保不溃于来岁"，到了不可收拾的地步，即便大禹再世，也无能为力。黄河南行不畅，改道北徙已成大势所趋。道光末年，黄河下游决口频仍，一发不可收拾，尤其是道光二十二年、二十三年祥符、东牟之决，正河断流，黄淮间一片巨浸，历时多年始得堵决，更为有清以来所罕见。

自鸦片战争失败后，清廷的内忧外患日益加剧，列强环伺，庞大的军费开支和战争赔款，使朝廷本已入不敷出的财政更是雪上加霜。为了解决财政危机，清政府除了增加田赋、盐课之外，还迫不得已削减了必要的开支。其中，主要是用于生产性支出的河工费与塘工费比重急剧下降。鸦片战争前，每年河工费用常在三四百万，逢黄河决口，则高达七八百万。河臣又多以河工为"肥差"，可以贪冒钱粮中饱私囊，故觊觎钻营以求其职者不乏其人。道光中后期，河患更甚，决口更加频繁。"河患至道光朝而愈亟，南河为漕运所累，愈治愈坏。"而政府的治河经费却不断减少，不管有无决口，每年只以300万两为限。一旦治河不力，漕运受阻，皇上震怒，还要受到摊赔、罚奉、革职乃至充军等处分，南河总督之职也由"抢手"变为"烫手"，人人视为畏途，唯恐避之不及。

河工本是治理河道、防止水患的工程，明清两朝又特指治理黄河、运河的工程和事务。由于京师对江南漕粮的依赖，如何保证运河不受黄河侵害成为河工关键。清初，河工已有岁修、抢修、另察、专察、奏办、咨办等名目，运河工程还有冬挑例工等，并各有经费。久之，河工成为贪污的渊薮，嘉庆以后尤甚，贪污的手段是多种多样，基本上从工程和料价上下手，如虚报工程量、增加河工料价等。因此，清廷每年拨出的大量治河经费，多被河员贪污中饱，结果钱花了无数，水害反而愈烈，病民也愈甚。正如魏源所说："黄河无事，岁修数百万，有事塞决千百万，无一岁不虞河患，无一岁不筹河费，此前代所无也。"河工成了清政府财政的漏洞和病民扰民的弊政，朝廷上下皆知其弊却乏鼎革良策。

正是在河费日削、河政日坏、河臣多被世人诟病的局势下，道光二十八年，年过花甲的杨以增被从署理陕甘总督任上调为江南河道总督。接到任命后，杨以增的幕僚及同年好友均知河事糜烂难以为治，劝他借故辞官，回故乡养老。而杨以增本性朴厚疏阔，非恋栈之人，他常自言："古人曰归耕吾不能矣，若著毡冠，披羊皮裘，课乡里小童经书，吾诚乐之！"对于河政弊端与治河之难，杨以增都十分清楚，但他自幼熟读圣贤之书，儒家修齐治平和忠君保民的观念早已渗透到骨子里，明知河事难为却依然慨然赴任，他说：（河事败坏）"吾知稔矣。徒以受皇上特达恩，以县令超擢至此，欲决去诚不忍于心。"面对这个出力不讨好的苦差事，杨以增没有选择逃避，于同年九月走马上任。

道光皇帝之所以选中杨以增担任南河总督，究其原因不外乎两点：一是因为嘉庆以后河费减少、河督责重事繁，一遇决口，还要按律"销六赔四"摊赔河工款，许多高官视治河为畏途，（前任南河总督泮锡恩任职六年，治河劳心，以病辞任）朝廷干才难求。杨以增自入仕途以来，官声颇佳，林则徐曾推荐他接替自己为陕西巡抚，称其"诚正清勤，明敏练达，实为臣所不能及"，为人处世，宽厚稳重，"恢恢乎如河岳之无涯，量鲸虾之巨绝，犀象之珍怪，无不容纳于其间。自县令至封疆，守正无阿，而一无龃龉，……无私利心，能推利于人而不害其事也"。在当时的官场中，杨以增不失为循吏和能臣。二是杨以增在道光二十一年（1841）任河南开归陈许道期间，河南祥符黄河溃决，他奉命参与修堵，"昕夕莅工次，风涛冲击，身屹立不少避"，"在事出力"，历数月才竣工。由此，杨以增积累了一定的治河经验，道光帝有"杨某熟谙河务"之评语。

杨以增自入仕二十多年以来，多在边远省份任职，远离家乡，难以尽孝。南河总督位高权重，驻节清江，距故乡山东东昌不过千里之遥，凭借运河一帆可航。更何况杨氏"一专于书"，雅好收藏，清江地近江南藏书中心，文人墨客云集，开府于此有近水楼台之便，对于他所钟情的藏书事业有益无害。这或许应是杨以增愿意赴艰履险又不便明言的一个隐衷。

二、力矫河工之弊

杨以增到任时，河政积弊已深，河道管理机构烦冗。南河总督驻清江浦，文武厅员星罗棋布。官员的麇集，使这里成了征歌逐舞的宴乐之地，"饮食衣服，车马珍玩，莫不极四方之巧"，官员大多贪图在清江浦的侈靡生活，不肯到各地守职。据当时的两江总督李星沅的调查显示，南河四道（淮海道、常镇道、徐州道、淮扬道）管辖同知通判23员，旧例应常年驻守各地，随时实力修防。但"近年来，惟徐州、常镇道署十厅照旧分驻工次。至淮扬道属七厅、淮海道属六厅，率多聚处清江，厅属几同虚设。非遇盛涨抢险，皆不到工。因而实任佐杂各官营汛，视堤防如传舍，即奏防汛候补人员，亦多安坐寓中，并不亲往帮办，殊非慎重要工之道。且清江人稠地隘，风气虚浮，厅员本有司职，乃若一无所事，游戏征逐，耗费实重……"对此，道光帝深恶痛绝，喻令："此等恶习相沿已久，甚属可恨。杨以增甫经莅位，无所用其回护，务失公忠，务顾嫌怨，力加振作，悉除旧习，务期焕然一心，庶于吏治河防两有裨益。"将整顿"恶习"的希望寄于杨以增。又派钦差大臣巡视江南，"面晤河臣杨以增，令其裁汰冗员。据称黄运两河二十三厅内，惟常镇道属扬运通判，工程较简应归并江防厅，改为江运同知。有丹扬县丞、灵璧主簿、吕梁巡检三缺一并裁撤"。

杨以增到任伊始，就严令寄居清江浦的员弁各归工次，不准在清江逗留。又奉上谕"严行查禁，务令各守本讯，实力修防，不得稍有旷离，致滋贻误"。不久，他上奏说："履任以来，明察暗访，每于接见询以河湖之关键帚坝之机宜，聆其言论，留心观看。"掌握了所属道厅官员的才干优劣，针对当时人浮于事，许多官吏不谙河工，玩忽职守的情况，杨以增参奏朝廷，将才能欠佳而又居于要缺的扬河通判孙沛，险工抢修之时擅离职守、私回清江浦的高堰营守备薛瑶，年逾70耳聋眼花的海阜厅县丞胡廷垰，才本平庸、声名狼藉的铜沛厅南岸主簿赵信沚等一批冗员革职查办。还遵旨将工程较简的常镇道扬运通判归并江防厅，改为江运同知，将丹阳县丞、灵璧主簿、吕梁巡检三缺一并裁撤。对此，道光帝嘉谕称："甚属认真，嗣后若能常川如是，方合功令森严，尽心职守，朕甚嘉焉。"冗员的革省，即节省了河员薪俸，又对众多河官起到振聋发聩、以儆效尤的作用。

道光年间，河工之弊已经积重难返，河臣贪污，上下分肥，骄奢淫逸，酒色征歌已蔚成风气。河员的豪奢侈糜，可比皇室、权臣，"清江浦上下十里，街市繁华，食货丰富，五方聚集。行则车马喧嚣，居则高楼精舍。食则宾客盈门，山珍海味。游则青楼歌馆，通宵达旦，不知千百家"。杨以增并没有随波逐流，而是尽力矫除积弊，力崇节俭，率下以廉，革除旧习，使清江浦的风气为之一变，得到皇帝奖喻。与此同时，杨以增又从核实河工物料入手，缩减浮费。清代治河，河料费用玄虚，是河员贪污的重要手段，如堵河用秸秆一项，国家拨款按垛收购于民间，按律每垛五万斤，报销官银二百两，实际上只给百姓三四十两，虚报了五六倍以供各级河官分肥。胥吏在收料后，又往往虚堆假垛，中空如屋，三不抵一。据清人杂说："道光二十一年林文忠公（则徐）曾在济宁任东河总督，深知个中虚弊，他奏言：秸料乃河工第一弊端。其门垛、滩垛、并垛诸名目非抽拨拆现，难知底里。遂将南北十五厅各垛，逐查有弊者究治……岁省度支无算。"杨以增与林则徐同声相求，为平生挚友，又有长于经世之学、熟谙河务的包世臣为其幕僚，故杨以增对于河事积弊十分清楚。为了杜绝下级文武官吏的冒领钱粮，节省费用，他经常亲自到黄河岸边核查垛料，"每至一厅，除点数查量外，均挨工抽拆数垛"，检查是否有"虚松夹杂之弊"。经过一番整治，河工有了一些新的气象，吏治有所改善，河费有所节俭。道光二十九年（1849），所用经费"比较道光二十六年少用银七十七万两，比较二十七年少用银六十万两""故有余以为后图"。他还奉旨携所属道、厅员弁，检查河堤培修情况，"如有虚壤铲堤等弊，据实参赔。倘有老幼妇女偷抽料柴，亦即严拿惩办"。

杨以增力戒浮华，尽心筹划，虽不能改变河政日坏的大局，但他的努力，既尽到了一个朝廷重臣的职责，也为灾难深重的清江百姓减轻了一些负担，在当时已属难能可贵。

三、堵黄治运，保漕安民

南河总督的主要职责便是治理黄淮河道，保证运河畅通，漕粮北上不受阻碍，这在清末是一副十分沉重的担子。杨以增身在其任，力谋其政，在任江南河道总督的七年中，他为堵黄治运竭尽了全力。

道光二十八年（1848）夏，在杨以增赴任前，黄河水势大涨，当时的两江总督李星沅命人开坝向洪泽湖泄水，由于河高湖低，河水一泄难收，致使运道水浅舟涩，漕船行进迟缓。杨以增到任后，皇帝命他接办此事，以确保漕舟如期过淮北上。杨以增率领属下文武吏员，指挥河兵和民工疏浚河道，于慎重中务求妥速之法，终于不误漕期，安稳度过汛期。道光二十九年（1849）入夏以后，阴雨连绵，河湖皆涨大水，运道危急，况拦河堤外万亩稻田秋熟在望。若只保漕河，开坝放水，农民半年心血就要付诸黄流，若一味保稻田，万一黄河决口，冲毁运道，泛滥成灾，则损失更大。杨以增既想保运道，又不忍伤民生，心急如焚，左右为难，他一面将危急情势写成奏折上奏朝廷，一面坚守在外南厅吴城七堡险峻堤段，"督率道将、厅营等，催运料物，鼓励兵夫奋力抢办"，但天意难违，"连日又复长水尺余，河溜益猛，随厢随走，赶用碎石抛压，亦仍冲失。竭三昼夜之力，黄水日长日高，大堤愈塌愈窄，有仅存顶宽一二尺者，实属危险异常"。无奈之下，杨以增与淮扬道查文经、淮安知府王梦龄及幕僚们反复商讨斟酌，权其害而取其轻，决定从以前洪泽湖泄清水涮黄河的旧地段，挑堤泄洪，此处河面高出湖面七尺多，在此宣泄不伤一家一口，损失最小。到"六月二十八亥刻，溜势愈形紧急，日前存堤顶一二尺者顷刻塌尽，仅存底坡，瞬将过水"，便动工破堤，将黄河之水宣泄入洪泽湖，一夜之间即使黄河水位降低了四五尺，上下游险峻堤段都得保全，七堡溃堤之段得以放手抢修，清江淮安各处人心俱定。因挑堤泄洪之举并未来得及与漕运总督商议，也未得朝廷明示，故杨以增赶紧上奏章说明此是"于万分危迫之中为择害取轻之计，事出仓促，不及先期奏明"，并详细绘图据实恭折上奏。得到了皇帝的谅解，降旨称"杨以增抢办险工泄黄减涨并绘图呈览……本年黄水积涨，南河吴城七堡堤段坍塌，危险异常，今该河督将大王庙旁泄清旧址挑通宣放，旋即消水四五尺，各工俱报平稳，七堡溃堤抢筑亦能得手。事属危急，自系从权办理"。危急时刻虽然过去了，但由于泄黄河沙淤积，淮安至高邮段运河河道拥堵不畅，故使北上漕船行驶迟缓，比往年晚了近一个月，因此招致了漕运总督张殿邦的不满，他上奏朝廷，参革南河总督杨以增以惩其误漕之罪。而吴城七堡泄洪后，道、厅河员敷衍塞责，坍塌河堤并未堵拢，致使黄水冲灌运河，河床继续淤堵。道光帝于当年十一月下旨，斥"杨以增督办不力，著摘去顶戴，下部严议"。不久因杨以增、陆建瀛和杨殿邦合力摧攒，漕船终于按期过淮，不误来年新漕兑运，便又赏还顶戴，改为降四级留用，继续堵塞泄黄决口。直到九月份，河湖工程才竣工合拢。杨以增的处分亦随之取消。

道光三十年（1850）四月，黄河来源甚旺，漫滩溯堤，洪泽湖也盛涨异常。杨以增与两江总督陆建瀛一起"通筹河湖大局，奏请次第办理"。督促各道、厅及营弁，设法抢护黄河与洪泽湖之间的大堤，他亲往勘察江、扬两厅西堤工程，发现间有碎石单薄，土工亦有不实之处，便将承办各工之员一律革职赔修，严督改过，终于保证"各工悉臻平稳"。同时，漕运总督杨殿邦因前次泄黄淤运而对杨以增心存芥蒂，他先参奏杨以增手下的外南同知娄晋办理灌塘之事草率，将其暂行革职。而陆建瀛、杨以增则联名奏称娄晋未经手灌塘事宜，不应处分。漕臣与督臣、河臣之言互相抵牾，受到皇上斥责。后经钦差大臣福济查明，杨殿邦之奏是"以己忘公"。下旨处分，交吏部议处，令其自新。由此，二杨之间更难相处。七月杨殿邦又奏"淮扬运河水浅，漕船均需起剥……"，而后经杨以增查明，该处毫无浅阻，运河一律通深。只因江西各帮船行至瓜州，为日已迟，要求漕臣提前赶灌二塘，杨殿邦没有答应，因而漕船"较多守候"迟迟不行。杨殿邦推卸责任于杨以增，可见当时漕督、河督各有畛域，难以和衷共济，为此，杨以增、杨殿邦、陆建瀛均受到皇帝申饬。反映了清朝的纲纪衰弛与官场人际关系的紧张。

咸丰元年（1850）是清王朝的多事之秋。是年，太平军起义于南，黄河水决肆于北，丰县北部的河堤被暴涨的河水冲决，杨以增接讯"驰抵丰北，查明漫口情形，奏言口门塌宽至一百八十五丈，水深三四尺"。这次决口非同一般，大溜竟然掣动正河断流，分作数股在苏北、鲁南、豫东一带横溢。皇帝以杨以增身任河督未能事先预防为由，命"摘去顶戴，交部议处"。至次年四月，由于钱粮支绌等原因，丰北决口迟迟不能堵绝，杨以增被革职留任效力河工。此时，他已65岁高龄，仍以戴罪之身同两江总督陆建瀛一起，率河员民工挖土培堤，甚至在除夕之夜，风餐露宿河上。一切用度都自掏腰包，不费属吏官钱。下属们都深为感佩，实心用事，贪冒敛迹。

在黄河漫流运道不畅的情况下，朝中有人建言漕粮改行海运，杨以增也与陆建瀛一起联名上奏折，请行海运，得到允准。这年海船将 100 万石漕粮运至京，此后漕粮海运渐成主流，黄河与运河的修治便拖延下来。咸丰二年（1852）底，丰工决口已界堵合，可是寒冬到来，雪冻土僵，堤坝无法施工，功败垂成，上下怨尤。因为清廷正在全力镇压太平天国起义，军费激增，而河工费日渐紧削，捉襟见肘，丰工决口已经一年半多，迟迟没能合龙，受淹地区的官员百姓深以为苦，朝廷内外众口煽惑。大多数人认为是河工经费过于节省，无奈之下杨以增上章要求增拨河款，结果朝廷财政入不敷出，无款可拨，反而要杨"唯有坚持定见认真妥办。此巨工首重核实，朕知卿等断不为浮言所惑，益当不必嫌怨，慎重为之，以苏民困……"。可见杨以增已经倾尽其能，从国家大局出发，克勤克俭，但经费不足，使他"巧妇难为无米之炊"。丰北决口仍不能堵合。杨以增只有上疏请求推延期限并自请治罪，他第二次受到革职留任的处分，并被责成按律承担赔修工程款项。

咸丰二年（1852）秋，由广西金田起义的太平军已逼近长江，清政府命两江总督陆建瀛率兵到长江一线严加设防。杨以增在已经摊赔河款，几至家徒四壁的情况下，又想方设法筹措白银一万两，捐作军需。区区万两，对于朝廷庞大的军费需求来说可谓杯水车薪。但杨以增于危难之时急大局所需的作为却十分难得，由此，他得朝廷嘉奖并赏戴花翎复职。在干戈蜂起、民心丧乱的局势下，杨以增坚持职守，全力治河，直至咸丰三年（1853）正月底，才将丰县决口挂揽合龙，黄河回归主道，运河也未受到明显淤塞。道光帝闻报欣喜异常，下旨曰："杨以增经理得宜，不负委托，著加恩还给顶戴……交部优叙。"

然而好景不长，六月黄河汛期来临，河水陡涨，丰工西坝再次坍塌。皇帝闻讯震怒，认为新筑的堤坝，数月而坏，其中必有弊端。杨以增再次遭到夺职处罚，留本任赎罪。这次革职摘顶，杨以增深自咎责，以为罪行不轻，可能会遭贬斥戍边，便开始收拾行装，所备衣物细软只敷日用，唯将珍藏之书装满几箱，准备携书上路。但道光帝也深知，丰工堤坝合而复决，是时势所成，责任并不全在督河之臣，故命杨以增仍留南河，戴罪效力，继续主持堵合丰工决口。

咸丰三年（1853），太平军攻克金陵，镇江、扬州也相继被攻占，淮安危在旦夕，杨以增在河事繁剧之时，又被饬命督防江北。而此时，河款河兵均已被挪作军用。杨以增无钱又无兵，无奈之下，只好奏明朝廷，自筹钱粮，自募兵勇，亲加训练，运筹布划。清江浦扼南北门户，又无山险可凭依，河湖交错，一片平衍，难以扼守。杨以增费尽心机，运筹帷幄，反守为攻，主动指挥兵勇攻打扬州，并声言要决洪泽湖水浇灌太平军的军营，使其不敢擅攻清江，保清淮一带免遭兵燹，百姓们在三五年间得以安居。

咸丰五年（1855）太平天国运动已席卷大半个中国，清王朝遭受着前所未有的政治危机，更无暇顾及黄河工程。丰北决口愈冲愈宽，堵不胜堵。终于在六月汛期到来之际，在河南铜瓦厢发生了数百年来罕见的大溃决。洪水淹没五府二十余州县，主流向西北由张秋穿运河，夺大清河道入海。由此，黄河结束了700多年的东南夺淮入海的历史，而作为朝廷南北运输大动脉的京杭运河也被拦腰截断，河水被黄水裹携东去，无法全线通航，运河漕运迅速衰败。

这场人力不可逆转的大变故，使身为河督的杨以增更感到了前所未有的巨大压力。既要保境安民，又要修治恣意荡漾的河道，河防军务并集一时，艰险万状，回天无力，终于积劳成疾，咸丰五年（1855）十二月十八，老病交加的杨以增卒于任上。临终时，仍"以塞河未成自悼叹""犹筹度其事未已也"。

此时的咸丰帝正被国将不国的危局搅得焦头烂额，又惊悸于黄河大改道造成的涝灾，对于死于国事的杨以增，虽然深表痛惜，却没有给予应有的恩荣，只下诏以军营病故例给以抚恤。直到十二年之后的同治八年（1868）太平天国运动被镇压以后，应两江总督马新贻及众官之吁请，才给杨以增"端勤"的谥号，并赏以"兵部侍郎都察院右副督御史"衔。

四、倾力搜求江南珍籍

杨以增任南河总督七年间，虽公事繁剧，难有闲暇，但他喜好读书，尤嗜藏书。政务之余，他并未随波逐流，像其他河臣一样逐酒征歌，趋膻嗜腥。而是洁身自好，"一专于书"。梅曾亮曾经在河督府为西席，授杨以增之子杨绍和古文辞。杨以增对他十分尊重，每天与他同案进食。据梅曾亮记载，杨以增常常在上午处理公事、接见宾客，事毕即手执一卷，或校勘，或诵读，晚饭后则常与三五好友研讨学问之事，可见对文化的专注贯穿了杨以增的一生。在清朝后期，杨以增以海内藏书大家名闻遐迩，正是在江南河道总督任，他的藏书事业达到了顶峰。海源阁藏书的精华大多是这一时期收集到的。

杨以增在湖北任道员期间，便开始购藏书籍，所收以普通版本、精刻本为主，珍本甚少。道光十八年（1838）杨以增奔父丧归里，因藏书渐多，乃于道光二十年（1840）建藏书楼，题其名曰"海源阁"，且旁书跋语道："先大夫欲立家庙未果，今于寝东先建此阁，以承祀事。取《学记》'先河后海'语，颜曰'海源'，盖寓追远之思，并仿鄞范氏'天一'名阁云。"此后他历任道员、按察使、陕西布政使等职，继续收藏图书。所收书籍数量虽多，但珍本较少。其中为数不多的几部珍籍，也都是江浙旧藏流散于各地者。

杨以增出任江南河道总督后，其官署设于清江浦，这里是连接南北方的漕运中心，同时也是文人骚客汇聚之区，据清人李元庚等《河下园亭记》及其续编、补编记载，清江浦有名士们修建的园亭山庄百余处，均为"名流所居"，文化气氛非常浓厚。如官绅张新标筑建的依绿园中有一曲江楼，即为清初淮安著名的文学社团——望社的主要活动地点，张氏"尝大会海内名宿于此，萧山毛大可（奇龄）预其胜，赋《明河篇》，一夕传抄殆遍"。杨氏在此任职凡七年，遍结名流宿儒，收购江浙诸藏书家珍善本书甚多。

道光二十九年（1849）杨以增沿运河南下访求珍籍，在扬州汪容甫处购得宋本《毛诗训诂传》二十卷和宋巾箱本《春秋经传集解》三十卷。又继续南行至苏州，购得江南藏书名家季振宜、徐乾学藏宋淳熙三年张杅桐川郡斋刻八年耿秉重修本《史记》一百三十卷。又访获黄丕烈"陶陶室"藏宋版《陶渊明集》十卷和《汤注陶靖节先生诗》四卷两种。这次南下访书收获巨大，将多种宋本珍籍搜括囊中。尤其是宋本《毛诗训诂传》二十卷和宋本《史记》一百三十卷，杨以增更是如获至宝，后将其与宋本《诗经》《尚书》《仪礼》《春秋》《两汉书》《三国志》合称"四经四史"，筑专室收藏，成为杨氏海源阁的镇阁之宝。

咸丰二年（1852），杨以增再次南下苏州，访书购得毛晋、徐乾学、季沧苇、周良金诸名家收藏的宋王叔边刊本《后汉书》一百二十卷。宋版书籍历来以存量少、鋟刻精为世人所重，杨以增将这些辗转流离来之不易的典籍专辟"宋存书室"珍藏。

在道光二十八年至咸丰二年（1848—1852）的四年中，杨以增于清江浦所收之书以汪士钟艺芸书舍所收黄丕烈旧藏为最多。明清时期，江浙多大藏书家，如山阴祁氏澹生堂、江阴李氏得月楼、常熟赵氏脉望馆、常熟毛氏汲古阁、宁波范氏天一阁、虞山钱氏绛云楼、金陵黄氏千顷堂、昆山徐氏传是楼、秀水朱氏曝书亭、钱唐吴氏瓶花斋，皆闻名于海内。其中绛云楼、传是楼、汲古阁等，乃海源阁藏珍秘本书之渊源。虞山钱谦益乃明季清初藏书大家，其绛云楼弆藏之富，"冠于东南，几埒内府"。后其楼遭火灾，藏书焚毁大半，乃以烬余转交族孙钱遵王。昆山徐乾学乃顾亭林之甥，清前期的学问大家，既富有资财，乃广求古籍，其书室名曰传是楼。康熙初年毛氏汲古阁书散出，徐乾学、季振宜得之最多。乾嘉之际，徐乾学、钱遵王之书，由何焯介绍，半归北京怡府乐善堂，半归江苏吴县黄丕烈，而季振宜之书，时亦散出，为黄氏所得。故黄丕烈百宋一廛藏书甲于天下。黄丕烈死后，其书尽归汪士钟艺芸书舍。同时，汪氏又得顾氏小读书堆、袁氏五研楼、周氏水月亭之书，江浙藏书之精华，毕集于汪氏之家。道光、咸丰之交，其书陆续散佚，适值杨以增出任河道总督，杨氏凭近水楼台之优势，广为搜求，购获甚多。如《宋本史记》条下记曰："先公于辛亥岁（按：咸丰元年，即1851年）以三百八十金购之吴门。原册已损敝，次年又得一是刻残帙，命绍和互校，以清晰考入之……付工整治，都为六函……癸丑冬载陶南别业。"

杨以增之子杨绍和所编海源阁藏书志《楹书隅录》的正编中，载海源阁之珍善本书共171部，其中大都钤有江浙著名藏书家的印章，钤有汪士钟印章者24部，有黄丕烈印章、题识者36部，有徐乾学印记者18部，另外季振宜、钱遵王、汲古阁毛氏之印章题跋亦时常可见，从中可以窥见海源阁藏江浙旧籍之来源。光绪年间进士、曾任湖南学政的江标观看海源阁藏秘本书后说："吾郡黄荛圃（丕烈）先生所藏书，晚年尽以归之汪阆源（士钟）观察。未几，平阳书库扃钥亦疏，在道光辛亥、壬子间（辛亥、壬子乃咸丰元年、二年，即1851、1852年）往往为聊城杨端勤公（杨以增谥号）所得……甲申（1884年）冬，复随先生（指汪郋亭）观书于阁中，端勤文孙凤阿舍人发示秘箱，举凡《艺芸书目》之所收，《楹书隅录》之所记，千牌万蕴，悉得寓目。大约吾吴旧籍十居八九，荛翁（黄丕烈）所藏又八九中居其七焉。"

咸丰三至六年（1853—1856）的四年中，杨以增在清江浦继续收购因战乱而散出的江浙各地旧籍。咸丰三年（1853）春，太平天国起义军攻占南京并定都于此。清军则建立江南、江北大营，包围南京。双方连年大战，战火燃至江浙一带，各家旧藏纷纷散出。当时清兵大部驻南京至扬州一带，他们乘战乱之机，掠夺珍籍古玩以出售。杨以增据守清江浦，地近江浙，且当南北水路交通要道，故购获甚多。其子杨绍和多述及此事。如《宋本新刊韵略》中记述道："咸丰初，扬州始复，南北各军往来淮上，往往携古书珍玩求售。此本为但云湖醴使所得，云老转贻家简侯丈，简丈以之赠余者也。"江浙旧籍流入书贾之手者更多，他们知道杨以增嗜藏书，乃持书单登门洽谈，《楹书隅录》中不乏此类记载。

另外，杨以增身居高位，宦迹甚广，朋友故旧遍及各地，其中不乏学问大家，也有版本学专家。他们处处留心古籍，遇有珍秘之本，即为之购买。如梅曾亮、刘燕庭、许印林、叶东卿、胡珽等皆曾为之购买珍籍，远道寄赠。因比，杨以增除大量购获黄丕烈、汪士钟等名家藏书外，购获江浙其他各家藏书亦甚多，全国其他地区之珍籍，亦间有所获。清江浦的河道总督衙门到杨氏的老家东昌府之间有运河连接，每年络绎不绝的北上运粮船，更给杨以增提供了将获购珍籍源源不断运回海源阁的方便，故杨以增在江南河道总督任上收购的江浙旧籍量多、质高，成为海源阁藏书的主体。

杨以增在清江浦的收书藏书活动在海源阁藏书史上是最为光辉的一章，在整个中国近代藏书史上也具有重要的地位。

五、余论

杨以增一生为官，卒于官任，又"一专于书"，苦心收藏。在仕途上，他官至封疆，位高权重，只可惜命运不济，遭逢乱世。在国事日下，河弊积深的情势下，杨以增以儒者的胸怀，以国家大局为重，明知不可为而为之，走马江淮，奉命治河，担当无人能够承担的重任，两遭革职，数次议处，虽竭尽能事，仍难挽颓局，以致心焦力瘁，以身殉职，成为清王朝国衰政颓的牺牲品。杨以增晚年的仕途凶险，正是封建王朝江河日下的反映，他在江南河道总督任的悲剧，也可视为中国末代王朝行走向将灭亡的一个侧影。

至于杨以增的官品，有人认为，清代河臣无人不贪，杨以增久任河督，又花费巨资购求大量珍籍，恐怕也难以免俗。事实上，杨以增死后"宦囊萧然"，连皇帝都深为怜恻，"赐祭葬汝例"。

道光名臣包世臣曾说："清朝自康熙朝的靳辅以后没有能言治河者，最多只能谈谈防河。"又说河臣"能知长河深浅宽窄者为上，能明钱粮者次之，重武职这又次之"。所谓明于钱粮者已经很难得，因为这样的河臣还能珍惜小民血汗。考察杨以增督河期间的所作所为，还算得上是上等之臣。杨以增的同朝僚友也多认为他居官清廉。林则徐就曾说："杨至堂乃圣贤门中人也。""至堂守身如金城汤池，粟私不可攻至。"马新贻也称："南河向称繁富之地，自该河臣莅任，力崇节俭，率下以廉，风气为之一变。"道光皇帝有"尽心职守，一洗旧习，朕甚嘉焉"之谕；咸丰帝亦有"卿能克勤克俭，亿万生灵蒙福"的赞语。他的幕僚好友，更是多赞其为"循吏""儒者""清白吏"等。由此可见，杨以增在当时贪污成风的官场，身处有"贪窟"之称的南河，并没有像大批河政官僚一样奢侈淫靡，也没有中饱私囊的劣行，能够尽职守责，克己奉公。

即使退一步说，杨以增或许不能绝对清白（目前我们还未见到杨氏劣迹的相关记载），但他把所有的积蓄除了赔修河工外，都节衣缩食，抢救性地购买大批因战乱而不保的珍贵的江南图籍，为保存中华民族文化命脉而倾其所有，为世人留下了海源阁这样一座文化宝库。正如有的学者所言："杨以增的搜购图书，不仅显示了一种文化良知，更重要的是，他的搜购很大程度上是一种抢救，在干戈蜂起、风雨飘摇的清朝后期，让散落民间的残篇断简有了一个聊避风雨的归宿。他实际上是在为我们这个民族充当文化拾荒者。仅此，也应该得到世人对他的感念与尊重。"

民国时期的杭州湖墅米市

吴锦荣

湖墅位于京杭大运河之最南端，地当杭城之北郭，借运河水运之利，历来商贸云集，帆樯卸泊，百货辐辏，交易兴旺，成为杭州历史上米、鱼、纸、锡箔、木材等产业的货物主要集散地和商业中心。由此，一批专业批发市场在湖墅应运而生，其中尤以米市因其历史悠久、规模大而著名江浙。早在南宋时，就有谚语称："东门菜，西门水，南门柴，北门米。"当时苏（州）、常（州）、松（江）、湖（州）之米，沿运河自北关而入，为杭城百姓食米的主要集散地，一直沿袭至二十世纪初叶，在一些文献中屡有记载。

　　明人金木散人编的白话小说《鼓掌绝尘》，对明代湖墅米市有生动的描述："夏虎分了三百两银子，即便别了父亲，就在荆州地面，买了上好籼米九百担，将来雇了船只，装到杭州湖墅。原来杭州是浙江省城，天下大码头去处，那两京各省客商都来兴贩，城中聚集各行做生意的。人烟凑集，如蜜蜂筒一般。城池也宽，人家也众，粮食俱靠四路发来。那些湖广的米发到这里，除了一路盘桓食用，也有加四五利钱。夏虎将米发到湖墅，牙人便来迎接，把米样看了一看，果然粒粒真珠。不想浙江地面时年荒险，米价腾贵，他的粮米又好，比众不同，不上两三日，把米船发脱得干干净净。夏虎通身一算，除起本钱，利钱差不多约有加七八。"又据钟毓龙《说杭州》记载："清末民初，杭州之米多来自安徽巢湖一带，米市集中于湖墅珠儿潭，北来之粮船多泊于此。抗战前，每日约到七八十船，每船所载，少则百担，多则二三百担。"并说湖墅米市已成为浙江杭嘉湖三属之最大米市。

　　近年来，有关研究杭州运河经济和文化的著作，不乏涉及湖墅米市之内容，但迄今尚无专文研究。本文根据有关资料，拟就民国时期湖墅米市的概况，包括食米之来源、买卖之情形、米行之信用、米行之堆栈，以及相关碾米业、米行之组织等方面，略一叙述，以供同好参考。

湖墅米市食米之来源

杭州人口稠密，稻田面积有限。以 1931 年为例，约需食米二百二十万石（一石合一百二十市斤），其十分之九依赖各处接济。其来源分省内外两部分，省内除本地年约出产二十万担（一担合一百市斤）外，首推嘉兴地区之嘉兴、海盐、崇德、桐乡，年约输入三十万担。次之，则为湖州地区之吴兴、长兴，年约输入二十万担。省外则安徽之巢湖、芜湖、广德；江西之九江、修水、铜鼓；江苏之常州、无锡、苏州、松江、溧阳、宜兴，皆为浙省食米之重要来源。

安徽省之米，多由广德输入，以长兴之泗安为汇集之所，故俗称泗安米。至于九江、芜湖之米，最先集中于无锡，更由无锡会江苏之米而聚于吴兴之南浔，故亦称南浔米。每年泗安米输入杭州者，约二十万担；南浔米约五十万担。湖墅米行之营业，以客米为限，全年经手食米，约七十余万石，其中五十余万担，供给杭州米店，二十余万担，销售绍兴地区各县。

湖墅之米码头

湖墅米市之集会在珠儿潭，凡沿运河而来之米船皆汇集于此。在交易未成之前，多停泊于大关一带，由接关者导至珠儿潭，停泊河心。一经成交，则在米行码头起卸。唯上海来之西贡（越南）、暹罗（泰国）等洋米，多由火车装运，在客家之指定地点卸货。米市之最旺时期，为冬季新谷登场之际。各地来船络绎不绝，每日平均到货七八十号，每号装米自百担至二三百担，概装散仓，凡运费及船夫之伙食等，皆由米客供给。

米之买卖情形

米船到埠后，即有形似捐客之商人（俗称小买手，其人曾在米行服务，对于各路米客认识颇多），向之接洽，随取样米数包，上写明某船户某客某货、泊某处等字样，至各米行兜销，择其出价最高者，做非正式之谈判（买卖双方皆未会面，完全由小买手抬价）。若得米行同意，乃据样赴河埠看货，并以扦子打样米数包（俗称打大样），陈列样台，以备米店选购。一面由米行向米店兜售。如双方同意，正式论价，小买手与米行皆列于介绍人地位，但小买手无须资本，不负责任，米行则代米店垫款，故负担颇大。价既议定，即算成交，随书成票斛票，一切不得更改。

见斛时之情形

买客欲赴米船斛货时，须先通知米行，然后邀集双方关系人，率领督斛（米行伙友之监斛货者）、斛夫（有斛房专司其事，非斛房之人，不能斛米）、脚夫（包括盛米札袋及搬米）、驳船夫等，至河埠斛货。湖墅米行通行之斛，大小与漕斛同，每斗计一百零六合（一般十合为一升，十升为一斗，十斗为一石），俗称湖墅斛。斛货既毕，米店或雇小船或用汽车，将货出清。自湖墅运至城内，水运每担大洋八分，但须在城外过夜；陆运每担大洋一角三分至一角八分，随路之远近而增减。因水运走漏太多，故多采用陆运。至于一切杂费，在米客方面，只要每船送给脚夫食米一斗至三斗，以作酬劳，俗呼脚踏米。其余斛、撑、札、驳四项，每担共计大洋四分二厘，概归米店负担。

付款办法和经售佣金

米客既将米售脱，随向米行结算账目，一律以现金付清，决不拖欠分文。因米店与米行关系较深，货款皆由米行代垫，唯米店于出货后五天，须将欠款出立票据，至多以十五天为期。米行规定于每旬五、十两天，向米店收款，若遇到期之日适非五、十两天，或票根未见时，则无异迁延日期，在月底结账。

小买手并不设立商号，对于收取佣金，亦无规定。大概每担约大洋二三分，随米客获利之多少而增减。至于米行之佣金，每担以大洋二角五分计算。米客方面，每担一角，但可不必招待。米店方面，每担一角五分，须供给膳食。同时，米行划分每担二分之回佣于米店。

湖墅米行之组织

湖墅米行共分大袋行、小袋行两种。大袋行之营业，以本城为主；小袋行则专做绍兴地区，前者本钱较大，每家约二三万元，后者其本钱皆在一二万元之间。湖墅米行之历史悠久者，为正大米行，成立于洪杨（太平天国）之前，数十年来，屹然存在。次之为裕华米行，历史较短，且股东经理大半皆属正大、裕华之伙友。至于米行中之职员，有经理、看样、督斛、街路、扳线、账房、学徒等名目。经理为一店之主，凡一切重要事务及雇用或辞退职员，皆取决于经理，大多由股东兼任，月薪约五十元。账房管理银钱出纳及登簿入册，内部共分银钱、总清、客账三部分，每人各司一事。看样有正副二人，专门评价看货，初定米价，月薪约三十元至四十元。督斛之职务为见斛时下河监视；街路专往各米店收账；扳线则兜揽生意，月薪均约十余元至二十元。学徒供杂务及差遣，不支薪水，每月给以月规数元。

湖墅米行之信用

湖墅之米客，大致可分巢湖帮、芜湖帮、无锡帮、宜兴帮，而以巢湖帮为最大。然无论何帮，凡运米至湖墅者，皆派伙友随船护送，本人不必亲到。湖墅米行对于米客货款，向不拖欠，一经成交，当以现金付清。有时货尚未售，米商急于需款，米行亦允代垫，且米行对于米客售货后，出立行票，凡数量、价格一一据实载明，绝无通同舞弊之事，故米客对于伙友，无被欺诈蒙骗之虞。对于米行，不致有欠款倒账之忧，故信用日著。

据统计，1931年时，湖墅米行共有十六家，均在湖墅珠儿潭、娑婆桥一带，尤以珠儿潭为多。其中大袋行有正大米行、恒大米行、同裕米行、同孚米行、鼎泰米行、诚昌米行、隆泰米行、永丰米行等八家；小袋行有裕泰米行、万泰米行、公诚米行、永昌福米行、慎泰米行、万丰米行、穗济米行、通济米行等八家。

湖墅米行之堆栈

米之买卖向来成交之后，即由米客移交米店，米店直接运至店中出售，故不必上栈堆积。如米客急于得款，或因米行囤积存货，故押款者有之，待价而沽者有之，于是堆栈业应时而起。加以米行场地有限，若遇来货拥挤，销路滞钝之际，不得不向堆栈存放，栈租每担每月大洋二分，上栈出栈力钱，概由货主负担。堆栈之资本较大者，兼做押款，每当十二月及翌年二三月间，青黄不接，米市暴涨暴落之时，米客以成本高而一时不愿贱售者，米行以有利可图而囤积居奇者，一时之款应用，因之向堆栈押款者颇多，将米抵押现金，约估米值之半，月息二分。湖墅堆栈之资本雄厚、规模较大者，则有浙江兴业银行北栈、浙江地方银行北栈及庆记堆栈三家。至于米客尚未售脱之少数食米，则往往堆存于熟悉之行家，同时予支米款，不取栈租，不纳利息。

湖墅之碾米业

湖墅既为客米集散之地，故碾米厂勃兴，在湖墅米业上，亦占重要地位。往昔各处来货，皆经人工碾白，自碾米机输入，以其便利而质佳被各厂竞相采用。因白米分档较难，定价不易更改，而糙米则可任意分等，买客不易比较，且做白之米，容易掺水，而糙米则一经掺水，容易破裂，故收买糙米，可免米客欺骗，因此收买糙米加工，获利较丰，碾米厂由此兴旺发达。1931年，湖墅一带共有碾米厂十三家，如恒大、鼎泰、裕泰、同孚、同裕、元润、永利公、隆泰、慎泰、诚济、万源、永丰等。其中恒大、鼎泰、裕泰、同孚、同裕五家的规模最大，资本金在五千元至八千元，厂内工人多者二三十人，少者也有十来人，其原动力皆采用先进的电机，马力为二三十匹不等，最大者为恒大，达六十四匹。其余各家多附设于米行，规模较小，以柴油机为动力，加工量不多。至于杭城米店之兼营碾米者，则比比皆是，多为自碾自卖。

各碾米厂专代买主碾米，其自运糙米碾白者，约为十分之二三。加工费共分三种，粳米每担大洋一角九分、晚米每担大洋二角一分、糯米每担大洋二角三分。凡上车、下车、筛糠、筛秕、上船、下船等种种费用，一概包括在内。碾米者如欲碾白，可派人与厂方接洽，厂方既得通知，随来人至码头起货，将米捐运上栈，记其总数，登入账册，待到厂之先后，依次加工碾白。其加工约分三步，最初为筛壳头，因糙米之内掺杂有带壳稻甚多，故首先将其筛出。第二步筛糠，糙米含有糠质，故须使其分离。最后拌以石粉。经过机碾，糠皆落下，而米色就洁白了。在糙米碾白的过程中，重量约减少百分之十，至于筛下之糠，或由米主带回，或作价卖给厂方。碾白之米，则由米主雇船装去，然后将账结清。加工量大之碾米者，亦得按月付款。

湖墅米市之评价

米价之高低，随到货之淡旺季，及存货之多少，与天时之变化而定。然每天皆有到货，行情亦逐日不同。在米行方面，因受米店之托，不得不设法收买；在客商方面，则无不希望善价而沽。故米行所出之价，各家微有出入，但大盘皆随米价评议会议决之价格而定。米价评议会由政府召集米行米店之代表，联合各有关管理机构的出席委员，于每星期三开会评议一次。根据各方供求之情形，决定米价之大盘行情，以作一星期中米价之标准。

据记载，1931 年 6 月杭州食米的市价（每担）：

顶色 12.2 元、上白 11.8 元、亚白 11.4 元

高蒸谷 12 元、次蒸谷 11.8 元、香粳 11.6 元

晚米 11.4 元

中色 11 元、中次 10.6 元、起价 9.8 元

杜糯 12 元、客糯 11.6 元、阴糯 11 元

米糠 0.8 元。

米行之团体

湖墅米行，本来组织有米业公所，原与城内的米店组织不相关。后米业公所扩大范围，乃与城内的米店组织合并，共同组织米业同业公会，会址设于木场巷。入会者有湖墅大袋行六家，小袋行八家，碾米厂三家，城厢米店一百二十二家。

参考文献

［1］　《工商半月刊》1931 年第三卷第六期。

［2］　《中国实业志·浙江省》民国二十二年（1933）。

［3］　《民国杭州市新志稿》民国三十七年（1948）。

千年运河　坝上春秋

吕路野

一、筑坝而行

以土堨水为埭，"埭"，土坝也。古时候筑坝或用土，或用石，造法原始，历史久远。《建康实录》中记载了当时派遣陈勋开凿水道，修建十四"埭"，这是历史上"坝"的早期印记。公元229年，孙权定都建业（今江苏南京），当时的建业只是一个名不见经传的地方，为了都城能够尽快崛起，基础建设势在必行。当时的太湖流域远离战区，农业条件优越，属于东吴的大后方。打通建业与太湖片区的运输航道，就能够让丰富的物资通过水路大批量地直达建业，既提高了运输的安全性，又助力建业的生产生活。公元245年，孙权派校尉陈勋开凿连接秦淮水系和太湖水系的水利人工水道，因建设需要开山破岗，故名破岗渎，是中国大运河的重要组成部分。破岗渎所经之处地势偏高，沿途需要筑坝拦蓄水源，使之水位抬高，各河段之间的水位差保持平衡，才能便于船只往来。船只沿着破冈渎至最西端的土坝——方山埭，在方山处与秦淮河相接，转而进入秦淮河水道，直达建业城内。破冈渎不仅改变了原先建业到三吴（吴郡、吴兴、会稽）地区走长江、转京口（今江苏镇江）的绕远路模式，还丰富了大运河的水网水系，为大运河后期的发展打下了前期基础。

二、翻坝之旅

河上筑起了坝，船体通行，必须翻坝，翻坝过河曾经也是运河上的一种特殊现象。晚清时期，马戛尔尼使团中的副使斯当东记录了杭州至舟山途中的翻坝细节："由杭州到舟山的航程上，经过几处高运河的水流到低运河去。两次航行在这样地方，借着水流的力量，以飞快的速度顺流而下。在这些地方不安设水闸，而是在高水位的水里筑有一道很坚固的墙垣作为堤堰，垣顶与水面向齐。墙垣上端安放一个木梁，朝水面的地方修成圆形。墙垣的背后修一个四十五度的石头斜坡伸到低水面，垂直深约十尺。船只由高处向低处走的时候，把横梁扬起来，顺水滑下去。船只由低水处走向高水处的时候，在堤堰坡两边的桥砧上安上绞盘。把粗绳子一头缠在绞盘，绳子另一头缚在船身，由人绞绞盘上的木棍拉船往上走。"[1] 随行的画家威廉·亚历山大也描绘了使团经运河从苏州至杭州途中的翻坝场景，画的最后附注解说中提道："在使团经过的苏州至杭州的河段，运河两岸地表是丘陵。河上的运输通过这类闸口得以继续。在高水位的那一段，水面距船舷仅一英尺。船闸的结构，是由一对斜坡似的石墩组成，坡度大约四十度角。船过闸时是由绞盘带落入低水位河段的，通常两副绞盘就足够了，但有时因船的吨位大，则需要四副到六副绞盘。"[2]

在运河南端名城杭州，坝就出现在拱墅区的文化遗址名录中。老底子，运河入杭水系有"三塘五坝"，上塘河是其中的一塘，是杭州史上的第一条人工河。古时候的上塘河水位比运河水位高，为了保持上塘河与运河之间的水位平衡，坝，应运而生，来往的船需要翻坝过塘。坝槽用黏土（俗称清紫泥）夯实，两边用石头砌坎，并在两边安装人力绞车，将粗壮结实的麻绳在船艄角上套住后，两边各有六至十人（以船只大小为定）齐力旋转绞车，大家唱着号子，齐心协力将运河（俗称下河）的船只，经泥坝拖往上塘河（俗称上河）。而从上塘河到运河的船只，只要用钩子钩住船艄，两边四至六个人向泥坝拖，即可顺利过坝。[3] 十九世纪美国传教士裴德生就翻过"三塘五坝"中的德胜坝，他在回忆录中提道："杭城的地势比城外的运河高，所以，我们的船必须拉上一个坝，以便进入上河。"十九世纪英国传教士慕雅德也有翻坝入杭的经历："我们的船来到坝边，船夫将

[1] （英）斯当东著、叶笃义译：《英使谒见乾隆纪实》，上海书店出版社，2004。

[2] 刘潞、（英）吴芳思编译：《帝国掠影——英国访华使团笔下的清代中国》，中国人民大学出版社，2006。

[3] 陈钦周、杨卡特：《杭州河道文明探寻》，杭州出版社，2013。.

两根缆绳绑在船前的柱子上。十多个工人转动绞盘,缆绳越来越紧,船后有数人猛推。船移动时,人们喊着号子,加快转动绞盘,齐心协力把船弄到坝顶。在坝顶,工人使劲一推,我们的船猛地一下滑入东河。我知道,我开始真正进入杭州市。"[1]如今,在杭州东河与大运河交汇处有一组气势磅礴的"运河魂"雕塑,一艘大船正在翻坝过河,船的前方是十二名壮士与四头牛奋力拉船的造型,诉说着运河之上的那段坝上故事,反映了运河人顽强不屈、团结进取的开拓精神。

三、坝上故事

2014年,在第38届世界遗产大会上,中国大运河被列入世界遗产名录,成为我国第46个世界遗产项目,大运河首批申遗的"两点一段"就包括了河北省东光县的谢家坝。谢家坝全长218米,坝体为灰土加糯米浆逐层夯筑[2],又名"糯米坝",夯土以下为毛石垫层,基础为原土打入木桩筑成。南运河河北段弯道多,险段多,从前洪水暴发时,此处曾多次决口。清朝末年,当地一位姓谢的乡绅从南方买来大量糯米并组织附近民众熬煮糯米,用糯米浆与灰土、泥土按照比例混合搅拌,倒入筑坝用的夹板,用木棍夯实,逐层垒筑,坚硬如石。为了纪念谢姓乡绅捐粮筑坝的善举,这一段大坝又名"谢家坝",坝名口口相传,沿用至今。

大运河上的坝是浓缩的文化宝藏,更是跨越古今的门户。被中国大运河申遗考察组称誉为"中国第一坝"的山东戴村坝是水利史上的一座丰碑。京杭大运河山东临清到济宁段,地势高,少水季节会出现部分断流,导致运河南北水路受阻,航运不畅。戴村坝始建于明朝永乐年间,明成祖朱棣下令疏浚运河,民间水利专家白英提出了"引汶绝济"的建议,引汶水到南旺高地,从南旺分水南北,大运河的水至此三分向南,七分北流,解除了丘陵上运河断流的困境。戴村坝建成以

---

　[1]　周鸿承:《朝廷之厨:杭州运河文化与漕运史研究》,浙江工商大学出版社,2018。

　[2]　沧州市政府信息公开专栏:《东光县世界文化遗产谢家坝简介》。

后，京杭大运河南北贯通，往来舟船汇集，日间帆樯如林，夜来桅杆似火，是山东东平县当时古八景之一——"会河帆影"。2004年，汶河出现大洪峰，戴村坝再次经受住了历史性的考验。站在新的历史起点看坝，坝演变得越来越丰满，越来越有新时代的功能。北运河甘棠橡胶坝改建扩建之后，是华北地区最大的多孔大跨度的液压钢坝闸，它的主要功能是拦河蓄水，调节北运河城市段水利，改善沿岸周边生态环境。在调节水位的同时确保航道畅通，从钢坝闸到北京通州区大运河森林公园可以实现畅通无阻，为发展大运河沿岸的生态旅游提供了良好的前提条件。

年复一年春又至，大运河畔春意浓，沿着大运河探寻风土，发掘坝上故事，生活有了新的启发。坝与大运河相偎相依，呼应共存，两者出自勤劳的双手，汇聚着一代又一代中国人的智慧与力量，蕴含了中国人不畏险阻，锲而不舍，开拓创新的精气神。生活中，不论风雨沧桑还是艰难险阻，人们只要善于利用条件，探索规律，创新思路，没有一道坎儿是迈不过去的，就像那流淌的大运河，历经千年，依然生生不息。

连接南北水网的『过塘行』

龚玉和

什么是"过塘行"呢？

杭州人将大江的堤坝称之为"大塘"，换句话说，也就是货物翻过堤坝，进入内河地区，由此而产生的中转物流行业称之为过塘行。

民国时期，杭州的一家报纸对过塘行业务做过这样的描述："过塘行，为浙江的一种特种行业，也许可说是转运的副业。杭州市内做这门营生的人不少，起初时，人们对装载货物，不知怎样装运，所以寻觅适当熟悉的人，为他们租些房屋与堆栈，照料货物的装卸，以及客户短期住宿之地。同时，客户也给些酬劳。后来，官厅因为这些人有代客买卖一类的事，方才征取牙税。至此，过塘已经成为一种纳税营业的行业。清和关这个地方，原本只是武林门外一个小市镇，但是那里的人十之有八九直接或间接靠过塘行为生，过去有二家较大的过塘行，行名叫章廷楷和昌永年号，每年所过货物多达一百万件，在这个行业吃饭的人有三四十个之多。后来，因为交通发达，收入也就少了。现在的几家，衰败得很。"

从上述记载中不难窥探到，旧时的过塘行，实际上是做货物转运、转口时的照料工作，诸如：如何装卸，如何仓储管理，或照料客人的临时落脚等，甚或，也做一些客户的短期住宿之类的事。

想来，后来随着陆上交通（火车、汽车）的兴旺发达，作者也不由哀叹道："过塘"（水运）这个行业已经衰落了！

据《杭州江干志》载："据民国十七年（1928）杭州市政府《市政月刊》，全市有过塘行125家，均设在今江干区境内，过塘行多数以业主姓氏命名，以承运土产杂货、农副产品和转运京广洋货为主。抗战时陆运（铁路、公路运输）停顿，水运也趋于萧条，转运业衰落，战后恢复。解放初期，境内共有140家过塘行、转运行，约占杭州全市总数的一半。此后，客商托运货物，由铁路、公路、航运等国企承运，过塘行渐被淘汰。"

南北交通主干线上的"过塘业"

在浙江，过塘业最繁兴的地方莫过于钱塘江流域的两个埠头，一个是连接大运河与钱塘江二条全国交通大动脉的枢纽之地，拱宸桥（时称"拱埠"）至钱塘江边的闸口（南星桥码头）；另一个过塘行业兴盛之地，便是杭州钱塘江对岸萧山（今滨江区）的西兴镇了。由大运河或钱塘江过来的货物，到了杭州，如要转运到浙东各地，那么就要跨江到对岸的西兴，然后经内陆河道转往绍兴、宁波一带，由此造成了这两个码头过塘行业的兴旺发达。

浙江还有一个过塘行繁荣昌盛之地，那就是钱塘江上游的江山港清河码头了，这里是连接福建浦城的仙霞古道起始点。在那两个码头一带（清河码头与浦城码头），形成了许多类似于物流公司的行业——过塘行。

今天，我们在钱塘江沿岸的一些老埠头附近，诸如杭州滨江区的西兴镇上，仍能找到"过塘行"字样的踪迹。

钱塘江两头的"过塘行"

在 20 世纪 20 年代以前，我国的陆上运输（公路、铁路）尚未兴起，南北交通大多依赖水运。由此，北方的大量物资经京杭运河到了杭州，过塘转钱塘江航运线路，上溯至钱塘江另一头江山港清河码头，翻越"仙霞岭古道"，运往福建、广东等南方各省，形成了一条贯通我国南北交通的主动脉。

由此，在大运河与钱塘江交接之地（杭州的拱埠与闸口南星桥码头），在钱塘江的江山清河码头与福建的浦城之间，形成了一种兴盛的过塘行。

杭州城北的拱宸桥，为京杭大运河的终点。当时杭州城区的南、北各有两个埠头，南埠是南星桥，北埠则是拱宸桥，均处于水陆交通要冲，商品集散，人员往来，客商云集，各种酒肆、茶坊、店铺、旅馆、饭馆等应运而生，尤其是过塘行业特别兴盛。

拱宸桥，为京杭大运河的终点，由大运河南来的物资在此上岸。

由于大量南来北往物资的转运，以及杭嘉湖平原商品的集散，形成了当地浓厚的商业氛围，过塘行业的兴繁也带动了当地其他各行各业的发展。十里湖墅，店铺林立，娱乐业兴旺发达，人来车往，熙熙攘攘，好不热闹，时有"小上海"之称。

虽说从运河边的拱埠到钱塘江的南星桥码头只有十多公里路程，但是河道舟行艰难，钱塘江与内河的水位落差过大，全靠牛拉肩扛，不仅成本昂贵，而且费时、费工、费力，成为南北交通运输之瓶颈。运河边艮山门的那尊雕塑，就充分反映了当年货物从运河"过塘"至钱塘江之艰苦卓绝。

转运物资的艰困给南北运输构成了极大障碍，也催生了过塘行业的兴盛。尤其是南埠的南星桥一带（闸口），由于过塘行业的发达，人称"十里江塘"，转运业的竹木及各种南北货物集散于此。

于是，各种过塘行相继崛起，候潮门外成为过塘行集中之地，与北边的拱埠遥相呼应，当时南星桥埠头有"浙江第一码头"之称。

江山港的过塘行业

浙江省的另一个过塘业发达之地，便是浙赣闽交界之处的江山港了。当年从江山港的清湖码头沿水路而行，顺风顺水，只需 3—7 天就可以到达杭州。

如果由杭州的南星桥码头逆水上行，也只需要 7—9 天可抵达江山了。自南宋建都临安以后，江山县素有"闽行者自此舍舟而陆，浙行者自此舍陆而舟"之称。

由福建到浙江的客货，到浦城后由陆路翻越仙霞岭，在江山清河码头改陆路为水路，继续扬帆北上。由此，清湖码头沿岸帆樯如织，商贾云集，行馆甚多，成为南北水陆交通之要会，特殊的地理环境，造就了过塘行业的异常繁荣。

清《江山县志》写道："顺治十二年（1655）：浙省驿站，惟衢郡为首冲，衢属驿站惟清河为最苦，陆行者至清湖而舟，舟行者至清湖而登陆，出入闽浙，用夫动以数千，用船工动以数万。自清湖登舟，直抵省城，计程十站，实有万苦难支者。此江山知县，所谓一县而当十一县之差，一邑而代七邑之过也。"

浦城码头的过塘行业

浦城，处于仙霞古道的南端，紧靠南浦溪（为闽江上游）。商客在此将货物再次卸下，装上船舶，沿南浦溪（闽江），顺流而下，直至福州。浦城码头是仙霞古道南端的转运站。据《浦城县志》记载："城关码头长达1.5公里的河道，两岸均建有埠头，常年停有船舶一二百只。"清代诗人施闰章有《过岭（仙霞岭）行》诗，曰："前有驿吏过，万里起埃尘。去时若流水，来时若连云。"过塘行非同寻常，显而易见，在过塘行里活跃着一支庞大的挑夫队伍，仅以扁担、草鞋与兽力连接着古道两头的内河航线，这些人用生命与汗水构建起祖国大地的南北通道，写下了人类物流史上可歌可泣的篇章。

艰苦卓绝"过塘行"

从江山码头至浦城的南浦溪的道路，行程艰难险阻，非笔墨所能描述。《浦城县志》有这样的记载："两晋到隋唐，江河航运逐渐开发，中原入闽路线多经运河达钱塘江，溯江至江山，逾仙霞岭入闽。"

不难知道，早在两晋到隋唐时，我国南北交通的内河运输事业就已经逐步得到开发，仅仙霞岭前后长达一百多公里需陆行。此路为福州经建瓯、浦城逾仙霞岭，北上中原的主要大道。

"进京士贾多走此道。自宋代以来，自浦城至仙霞关之路成为闽省出入中原之主要通道。"中央政府也就是依靠这条南北干线连接全国各地，官吏的迎送、漕运的北上，人来客往，大多依赖这条航线。

"仙霞古道"长达一百余公里，这是一条南北交通最便捷、最廉价的通道。这条古道两头（清河码头至浦城）过塘行业的夫差，仅依靠人力、兽力，肩挑背扛，二百余里崎岖山路，将两地物资运来送去，行程之艰苦卓绝，恐怕在国际运输史上也是举世无双的。

在过塘行当差的人，又称驿夫，大部分人是按田赋摊派夫丁的，成为邑县的一大负担，其摊丁驿夫之苦，不堪言述。康熙《江山志》有这样的记载："从清湖至福建浦城，路遥山险，驿传每一差需夫数万余人，去者每至道殒，回者出仅存皮骨，其苦累之情，惨于忍睹。"

说说上塘河的那些故事

周佳

上塘河，古陵水道，俗称秦河，又名运河、长河、夹塘河，自杭州施家桥起至海宁市盐官镇入钱塘江，全长48.3千米，平均宽度30米，最宽处90米，是杭州第一条有史书记载的人工水道。彼时，大运河是从桐乡县崇福镇经海宁长安到临平，然后走上塘河，到达杭州，上塘河是连接大运河进入杭州的主要通道，南来北往的船舶如过江之鲫："顾其时，水陆运道，皆趋上塘。"上塘河边的各种设施极为齐全，旅馆、驿站、仓库、店铺一应俱全；上塘河上闸、坝、埠头、桥梁应有尽有。

据史料记载，上塘河最早于秦朝时候开浚的，称为"陵水道"，至今已有2000多年的历史。隋炀帝开凿大运河时，对它进行了拓宽和疏浚，为江南运河南端。唐朝称为夹塘河，贞观八年（634）于海宁筑长安坝，而成上河。宋称其为浙西运河。明洪武年间（1368—1398）筑德胜坝，其南始称上塘河。自古以来，上塘河舟楫繁忙，直至元末至正年间，张士诚起义，因旧河道狭窄妨碍了通航，不便船只来杭，于是发动了20万军民，耗时10年，在前朝开挖河道的基础上疏浚拓宽了从武林头到江涨桥段运河，谓之新开运河，亦名北关河。此后，江南运河即走新开河道，上塘河的交通运输功能逐渐削弱，它的航运功能一直持续到20世纪90年代才真正结束。

上塘河流域古时便有绝佳的田园风景，上塘河畔有皋亭山，又名半山，古湖墅八景的"皋亭积雪"便在此处，还有临平湖等自然景观。唐代诗人张祐笔下上塘河畔的田野风景："水塍新筑稻秧畦"；宋范成大在《临平道中》《暮春上塘道中》描绘上塘河岸上景致："烟雨桃花夹岸栽，低低浑欲傍船来。""石门柳绿清明市，洞口桃花上巳山。"

上塘河自秦开浚以来，2000多年的时间里，见证了世事变迁，阅尽了悲欢离合，潺潺运河水中湮没了多少历史，埋藏着多少故事。

一、秦始皇开浚"陵水道"和始皇东巡

公元前221年，秦嬴政统一六国，自称始皇帝，成为中国历史上第一位皇帝。为了巩固中央集权统治，他下令"堕坏城郭""夷去险阻""收天下兵，聚之咸阳，销以为钟鐻，金人十二，重各千石，置宫廷中"。始皇帝采取的措施就是打通原各诸侯国的边境，拆除关障等设施，收拢各国兵器做成钟鐻和金人。但是对于各诸侯国开挖的运河，不但没有毁弃，反而大力加以疏浚和开凿，"决通川防"（《史记·秦始皇本纪》）。也许是对大禹治水的敬仰，也许是当初利用这些水道运兵运粮打下的天下，也许是为了更好地用水路来沟通领地，方便管理，不得而知。

公元前215年，秦始皇下令疏浚鸿沟："决通堤防，疏浚鸿沟（河南汴河，今已湮废）。"（《史记·秦始皇本纪》）公元前234年，秦始皇为强化对东南地区的控制，及时镇压反秦势力，快捷地运送军粮和食盐，又下令会稽戍卒在春秋吴国故水道、百尺渎、越来溪以及太湖流域自然水系基础上，开浚从檇李（今浙江省嘉兴西南）通钱塘江的"陵水道"。

还没等陵水道全线开通，始皇帝就迫不及待地开始了东巡之行。始皇帝在云梦（今湖北孝感市境内）登上了豪华龙船，沿河而行，《史记.秦始皇本纪》里记载了始皇帝南巡到越地的行程：

三十七年十月癸丑，始皇出游。左丞相（李）斯从，右丞相（冯）去疾守。少子胡亥爱慕请从，上许之。十一月，行至云梦，望祀虞舜于九嶷山。浮江下，观籍柯，渡海渚。过丹阳，至钱唐，临浙江，水波恶，乃西百二十里从狭中渡。上会稽，祭大禹，望于南海，而立石刻颂秦德。

《越绝书第十》记：

秦始皇帝，以其三十七年东游之会稽，道度牛渚，奏东安、丹阳、溧阳、郭故、

余杭、轲亭，南，东奏槿头，道度诸暨、大越。以正月甲戌到大越，留舍都亭。

综合两书中的记载可以推测出，秦始皇东巡会稽祭大禹的路线：沿长江而下，南渡到牛渚（今安徽当涂牛渚山），沿胥溪河，到丹阳、溧阳、鄣故（今湖州长兴西南），然后沿苕溪到达余杭，再转轲亭（有学者认为此轲亭即为现在的皋亭，待考证），东安（今杭州富阳），渡过钱塘江，经萧山、诸暨到大越（今浙江绍兴）。秦始皇东巡会稽时在余杭境内走的就是上塘河故道，当时杭州老城区还处于汪洋之中，期间还有一段小插曲：相传在去会稽的水路中，受钱塘江潮水的影响"水波恶"，巡船队伍还特意从西面百二十里处较狭窄的地方渡过了钱塘江。回程又经过了陵水道往北，最终到达琅琊（今山东胶东西南）。这次东巡也是秦始皇的最后一次出巡。

二、南宋王朝的命脉和历史见证者

南宋，都城临安一段浙西运河就是上塘河。南宋将杭州作为行在所（临时首都），称临安府，临安成为全国政治、经济和文化中心，上塘河在南宋漕运、商运上地位更见重要，一时成了"漕运往来，客船络绎"的航道，成为维系王朝命脉的水上交通要道——"公家漕粮，源源北运，私行商旅，往来不绝"，给临安带来了前所未有的繁华。陆游在《入蜀记》第一说中点出了浙西运河的重要性："朝廷所以能驻跸钱塘，以有此渠耳。"

在今余杭星桥镇的上塘河边有赤岸古埠，埠旁设有班荆馆，班荆馆是五代和宋时设在京郊用以接待外国使臣的宾馆，为朝廷官驿，相当于现在的国宾馆。金使入京大都沿上塘河而行，会在班荆馆候诏，也可以从侧面反映出当时上塘河作为水上交通要道的地位。当时的赵构皇帝一心想和金国议和，于是千方百计讨好金国，金国等北方使者入临安京城前，都先在班荆馆休息，等候宣诏，金使出使期间更是受到南宋王朝的隆重接待，朝廷派大臣迎接、赐宴、送礼、陪玩，极尽讨好之能事。淳熙三年（1176）拜相的南宋名宦周必大，著有《玉堂类稿》，他也曾在班荆馆陪伴过北使。清仁和人赵信曾有诗云："内使龙茶宣赐回，班荆馆为使臣开。湖山景物家乡地，几度迎风唤笔来。"清钱塘人符曾也有诗说："筵盏新从赤岸开，待他北使贺春来。传宣直到班荆馆，风药花饧赐得回。"宋恭宗德祐二年（1276）元军攻入临安，班荆馆从此销声匿迹。

南宋大臣离京北去或从北方归来，也常歇于班荆馆，陆游就是其中一位。"放翁入蜀出杭州，登载漕司所假舟。一棹红亭过赤岸，晓来鱼蟹富汀州。"乾道六年（1170），大诗人陆游去四川赴任时也曾住在班荆馆，他在《入蜀记》中写道："六月二日，过赤岸班荆馆，小休前亭。班荆者，北使宿顿及赐燕之地，距临安三十六里。晚急雨，颇凉，宿临平。"而陆游的一生，在上塘河来来回回多次，一叶小舟，承载了几十年的风雨沧桑，终是郁郁不得志。

宋高宗绍兴十一年（1141），宋金达成绍兴和议，绍兴十二年（1142）八月，南宋王朝迎来了一位"故人"。一艘小船载着一位锦衣老妇，沿大运河一路往南。她便是在"靖康之难"中被金兵掳往上京会宁府，15年后终得归乡的宋高宗的生母韦太后。《宋史·卷二百四十三·列传第二》记载：

帝亲至临平奉迎，普安郡王、宰执、两省、三衙管军皆从。帝初见太后，喜极而泣。八月，至临安，入居慈宁宫。

船到海宁长安后，转入浙西运河向临平驶去。此时，宋高宗赵构带着太子及文武百官，早已恭候在临平浙西运河边，两岸更是聚集了无数老百姓，都想目睹这位韦太后。远远看到船只徐徐而来，两岸"恭迎太后""太后安康"的欢呼声响彻云霄。船上的韦太后百感交集，15年忍辱负重的辛酸史让她忍不住热泪盈眶。船缓缓靠岸，赵构皇帝和一众大臣们见礼后，忍不住和韦太后一起喜极而泣。韦太后在浙西运河畔的妙华庵（后改为龙兴寺）稍做休整，又继续沿运河向杭州城驶去，最后经盐桥运河（即中河）进入临安城。这段浙西运河，就是后来的上塘河。

三、皋亭观桃和皋亭修禊

上塘河畔有一座皋亭山，也叫半山，是历史人文积淀深厚的一座名山，且风景宜人，自古就是名胜。上塘河连接了京杭大运河与半山，自南宋以来，杭州人便有乘坐小船沿上塘河前往皋亭观桃的习俗。清人范祖述《杭俗遗风》记载："半山在艮山门外，水旱路皆十五里，至其地转湾，则两岸数里均栽桃花。"

清嘉庆年间，阮元担任浙江巡抚时，坐船沿上塘河前往皋亭山观桃花，写了一首《戊午春日邀同人游皋亭山看桃花》诗，其中开头就写道："皋亭山下多春风，千树万树桃花红。"1800年，农历三月初三，阮元召集文人雅士同游半山，在他的倡导下，效仿晋代兰亭修禊，举办了一场由清代文人雅士参加的雅集，这便是"皋亭修禊"，此后成为上塘河畔一项高雅的风俗活动。阮元与同人在嘉庆年间，先后五次在皋亭赏桃修禊，留下诸多诗作。想象一下当时的场景：三月初三，春色正浓，半山上林木青葱，修竹茂盛，上塘河两岸桃花尽开，落英缤纷，文人雅士们依次坐在清澈的小溪旁，曲水流觞，一觞一咏，畅叙情怀，充满了闲情逸致。

阮元的从弟阮亨，把阮元与同人们在皋亭修禊时作的诗词汇集成《皋亭唱和集》，其中记录了皋亭修禊活动："庚申上巳，家兄侍叔父谐诸同人于皋亭山修禊作图记事。先是，戊午春，兄为学使，曾偕蒋蒋山、陆祁生绍闻同游，各有吟咏。"陈文述诗："迎眸山色一痕青，修禊人来画舫停。一种桃花与修竹，皋亭原不让兰亭。"

皋亭山也是抗元英雄文天祥"留取丹心照汗青"的地方。据田汝成《西湖游览志余》记载，宋德祐二年（1276）元月十八日，元军统帅伯颜准备进攻临安城，驻扎在皋亭山，"少帝奉表以降"。在危难之际，右丞相兼枢密使的文天祥挺身而出担任使臣，在皋亭与伯颜抗论，因为怒斥元军，而被元军扣押。

上塘河，是吴越争霸的战略要隘，是秦始皇掌控东南的巡视路线，是岳飞抗金的途经之地，是马可·波罗进出杭城的通道。历代多少文人志士，达官贵人循上塘河而过，留下了众多诗文：范成大《暮春上塘道中》、曹勋《上塘值清明》、许棐《夜泊长河》、吴龙翰《夜舟泊长河》、周诗《城东泛舟同朱二守张节推作》、金张《从上塘归》、厉鹗《北郭舟中同丁敬身汪西颢王麟征作》、汪沆《上塘行》等等，记载了多少历史，抒发了多少情怀。千年长河至今赖通波，往昔却已随流水而逝，只留待后人追忆。

参考文献

［1］ 《余杭史志》。
［2］ （清）丁丙：《三塘渔唱集》。
［3］ 徐吉军：《杭州运河史话》，杭州出版社，2013。
［4］ 孙忠焕：《杭州运河史》，中国社会科学出版社，2004。
［5］ 许菁频：《杭州运河名人》，杭州出版社，2014。

古运河末端

——杭州龙山河考证

龚玉和

龙山河南起钱塘江岸闸口，北至中河凤山水门为止，全长四千四百米。

实际上，龙山河已经成为古运河的一段。在运河申遗中，龙山河、中河和京杭运河杭州段一样，成为杭州的重点推介部分。

中河连接运河，南北纵贯城区，下接龙山河，水流自南而北，汇入上塘河。在不少人心目中，龙山河已经是中河一部分，它成为京杭运河最南端的一段。

吴越国治在凤凰山下，杭州有十个城门，其中，龙山门在六和塔西[1]，时拓宽杭城，原有护城河纳入城内，始称中河。

北宋时，龙山河通钱塘江，在杭州水路航运、货物集散、手工业以及城市发展中发挥过重要作用。只是浑浊的江水经龙山河入城，造成城内河道淤塞，三五年就要疏浚一次，"远则五年，近则三年，率常一开浚"。修浚河道成了官民的负担，苏轼总结了治河教训，提出了"避浑扬清"治理方案，龙山河有两道闸门，称浑水、清水双闸。

《中国古代地名大词典》载："龙山河，在杭县南，自凤山水门至龙山闸，接钱塘江。旧有河计十二里，置闸以限潮水。宋时滨江纲运[2]由此入城，后以近大内，不通舟楫。元行省丞相托克托浚之，立上、下二闸。明时改闸为坝，后仍置闸。清康熙雍正时重浚之。"时至今日，虽然龙山河自钱塘江岸（白塔）起算至凤山水门，此河与钱塘江不相通，只起到市区景观河道作用。

龙飞凤舞到钱塘

南宋《梦粱录》记载："龙山浑水闸、清水闸，在龙山。"

---

[1] 宋《吴越备考》："国治在凤凰山下，乃唐以前州治也。城门凡十，曰龙山门，在六和塔西。"

[2] 成批运送大宗货物。每批以若干车或船为一组，分若干组，一组称一纲，谓之"纲运"。始于唐代刘晏。北宋、元代运盐也用纲运。

"龙山河,南自龙山浑水闸,由朱桥至南水门,淤塞年深,不通舟楫。"

　　南宋淳熙初,孝宗登基,筑德寿宫,截茅山河、东河之南为宫基。自此中河、东河南段由连通变成断离。龙山河因浑水闸淤塞年深,又因靠近大内(皇宫),禁通舟楫。

　　《元史》卷十八记载:"龙山河在杭州城外,岁久淤塞。武宗至大元年,江浙省令史裴坚言:'杭州钱塘江,近年以来为沙涂壅涨,潮水远去,离北岸十五里,舟楫不能到岸。商旅往来,募夫搬运十七八里,使诸物翔涌,生民失所,递运官物,甚为烦扰。访问宋时并江岸有南北古河一道,名龙山河,今浙江亭南至龙山闸约一十五里,粪坏填塞,两岸居民间有侵占。迹其形势,宜改修运河,开掘沙土,封闸搬载,直抵浙江,转入两处市河,免担负之劳,生民获惠。省下杭州路相视,钱塘县城南上隅龙山河至横河桥,委系旧河,居民侵占,起建房屋,若疏通以接运河,公私大便。计工十五万七千五百六十六,日役夫五千二百五十二,度可三十日毕。所役夫于本路录事司、仁和、钱塘县富实之家差借,就持筐檐锹镢应役。人日支官粮二升,该米三千一百五十一石三斗二升。河长九里三百六十二步,造石桥八,立上下二闸,计用钞一百六十三锭二十三两四钱七分七厘。省准咨请丞相脱脱总治其事,于仁宗延祐三年三月七日兴工,至四月十八日工毕。'"

　　明代《西湖游览志余》卷二十一载:"龙山河,自凤山水门至龙山闸,旧有河道,计十余里,长一千二百五十一丈,置闸以限潮水。宋以逼内河道,不通舟楫,因久堙塞。元至大元年,江浙令史裴坚言修之便,延祐三年,行省丞相脱脱令民浚河,长九里三百六十二步,造石桥八,立上下两闸,仅四十二日而毕工。

　　至正六年,其子达识帖木尔来为行省平章,复疏之,舟楫虽通,而未达于江也。

　　皇明洪武七年,参政徐本以河道窄隘,军舰高大,难于出江,拓广一十丈,浚深二尺,乃置闸限潮,舟楫出江为始便。今以河高江低,改闸为坝。"

　　(钱塘江)"潮水远去,沙涂壅涨,离北岸十五里之遥,舟楫不能到岸,民生不顺，官家不便。元延祐三年龙山闸重建，沟通钱塘江。龙山河疏浚，通航中河。从白塔渡口入城，需翻坝闸口成为钱塘江进入运河的唯一通道。"

龙山河，始凿于吴越国时，在北宋时成为运输航道，水上运来的货物，经此河入城，龙山河通江，即上述古籍所言"滨江纲运由此入城"，水上运来的货物到了杭州，由龙山河进入城内。至南宋，龙山河接近"大内"（宫廷），又由于"岁久淤塞"，就不通舟楫了。至元代，花费了不少银两，再次修筑了上、下二闸。

郭璞所言"龙飞凤舞到钱塘"所指应当是龙山与凤山，也就是古籍所言"一州王气之所在"。从今天的地理位置审视，钱塘江边的一系列山峦，诸如，月轮山、白塔岭、将台山、慈云岭、玉皇山一线均可称为龙山，或者龙山支脉。

钟毓龙《说杭州·说山》："旧志谓玉皇山为龙山突起之一峰，自此而东，皆为龙山，曰卧龙山，曰龙华山，随地异名。玉厨山亦龙山之一支也。吴越钱文穆王之墓即在此，亦为龙山之一阜也。旧时钱武肃王之表忠观亦在此山。"

龙山河沿岸以寺庙著称

龙山河以龙山而名，蜿蜒于龙山之下，周边地域以多寺庵而著称。

明代《西湖游览志卷六"南山胜迹"》载："慈云岭者，龙山支脉也，故其山名寺额多以龙名。石壁间篆刻'梁单阏之岁，兴建龙山，至涒滩之岁，开慈云岭'一十八字。岭之巅有亭，曰'江湖伟观'。岭下有观音洞，洞口有正石龙庵，今废。"

永寿寺：旧名资仁，后改上石龙永寿院，吴越王建，石壁上刻宋仁宗《佛牙赞》，赞词鄙陋，盖为伪者。岭下，旧有惠光尼寺、地藏尼寺、福全尼院、净胜院，并废。

惠光尼寺：乾道间，张循王女孙真寂，自幼为尼，奉韦太后香火，相继主持，皆张氏女也。有佛指放光，故名。净胜院，旧名下石龙。岭之南，为龙山，一名卧龙山，又名龙华山，与上、下石龙相接，去城南可十里许。天目分去，沿江而东，结局于此，蜿蜒若游龙然。山北有鸿雁池，其东为白塔岭。其上为天真禅寺、登云台，其下为天真书院，为天龙禅寺、天华禅寺、胜相禅寺、龙华禅寺、宋籍田。

清《湖上青山集》载："龙山，去城十里，一名卧龙山，又名龙华山。郭景纯所云'龙飞凤舞到钱塘'者，谓此山及凤凰山也。南支为玉皇山，北支为育王山、慈云岭。龙山即龙华，石龙互昂首，龙卧还复飞，石骨逐云走，更访龙居里，尚有残碑否？"

天真禅寺：后梁龙德中，钱王建。寺居山顶。今唯一庵存焉。

登云台：后梁德中，钱王建，又名拜郊台。台侧有灵化洞，武肃王勒壁存焉。洞深百步，阔十余丈，和靖、东坡题名。

天真书院：本天真、天龙、净明三寺地。嘉靖九年（1530），金事王臣、会稽王京畿、钱德洪改建书院，以祀新建伯王公伯安，中为祠堂，后为文明阁、藏书室、望海亭。左为嘉会堂、游艺所、传经楼。右为明德堂、日新馆。傍为翼室，置膳田以待四方游学者。

王伯安《西南雨中寄德洪汝中并示书院诸生》诗："几度西安道，江声暮雨时。机关鸥鸟破，踪迹水云疑。仗钺非吾事，传经愧尔师。天真泉石秀，新有鹿门期。"

勋贤寺：旧名天真精舍，在天龙寺左。嘉靖九年，金事王臣等，酿金鹭寺僧地，创建精舍，祀新建伯王文成公守仁。中为祠堂，后为文明阁、藏书室、传经楼、望海亭诸处，置膳田，以待四方学者。

天龙寺：宋乾德三年，吴越王建，以居镜清禅师。大中祥符元年，改名感业。

建炎三年，大火，唯木观音像独存。绍兴十三年，建圜丘，以净明院为斋宫，以感业居从官。从此僧徒渐散，而寺亦圮。元延佑间，僧道平重建。

至正间，南北两山诸刹，或毁或颓，唯天龙仅存。寺有堂，匾曰"山舟"，贯云石书，寺中有凝翠井。余士吉诗："龙飞凤舞两峰回，王气才销梵宇开。卓锡地侵行辇地，雨花台近拜郊台。草分野色缘城去，风引江声入寺来。三百年过如昨日，老禅犹说旧蓬莱。"

天华寺：旧名千春龙册，为镜清禅师道场，有颐轩、妙音楼、化生池。

胜相寺：旧名龙兴千佛庵，开成中建。钱氏时，有西竺僧转智者，附海舶归，风鸣浪涌，智诵如意轮咒，见如意珠王相，高十丈，风息，得济，智谋建高宇以答佛施。建炎兵毁，止存五丈观音，谚传人有意度，则云转智者，以此也。乾道中，孝宗常临幸焉。

龙华寺：旧名龙华宝胜，钱王以瑞萼园舍建，有傅大士塔像、拍板、司马温公祠堂，今皆不存。傅大士，故渔人也，遇嵩头陀，语曰："我昔与汝于毗婆尸佛前，以愿度生，汝今何时还兜率宫？"指令临水观影，大士乃见圆光宝盖，便悟前因。夫妇双修，顿通佛法。梁武帝召见寿光殿，共论真帝，大士曰："息而不灭。"帝又请讲《金刚经》，大士挥案一拍而起，帝不喻，再请讲，大士乃索拍板，升座唱《四十九颂》，颂终而去。元末毁，国朝宣德四年（1429）建。

宋籍田：在天龙寺下，中阜规圆，环以沟塍，作八卦状，俗称九宫八卦田。至今不紊。山傍有宋郊坛、高禖坛、净明院、大通院、道林院、宝惠院、般若院、冲天观、玉虚参谋处、乌菱池、鸿雁池、玉津园，并废。

（宋）郊坛：绍兴二年（1132）建。王元章诗："荡荡南郊路，金与不复行。古台余草色，新树自风声。寂寞荒村景，凄凉故国情。遗民能道旧，曾是御营兵。"

高禖坛：绍兴四年（1134）建，内有鸿雁池。张仲举诗："衰草寒烟老木风，南朝佳气落然空。璧来山鬼遮秦使，槃泣仙人出汉宫。坏堶尚传嗣乙鸟，荒池曾见射飞鸿。骚人自古多荆思，长在登临感慨中。"

净明院：郊坛斋宫，有易安斋、梅花岩、江月庵、筇舄亭。高宗有《梅花岩》诗："怪石苍岩映翠霞，梅梢疏瘦正横斜。得因祀事来寻胜，试探东风第一花。"

宝惠院：一名普济，吴越王建。

般若院：吴越王建。

乌菱池：一名窑池。

玉津园：在嘉会门外，绍兴十七年建。孝宗数临幸，命群臣燕射于此。自后翠华罕驻，景物渐衰。稍南，为妙因山，吴越国文穆王、忠献王墓。

文穆王，名元瓘，武肃王子。忠献王，名仁佐，文穆王子。旧有表忠观，苏子瞻为之记云："熙宁十年十月，资政殿大学士、知杭州军州事臣。言：'自吴越国王钱氏坟庙，及其父、祖、妃、夫人、子、孙之坟，在钱唐者二十有六，在临安者十有一，皆芜废不治，父老过之，有流涕者。'谨按，故武肃王镠，始以乡兵破走黄巢，名闻江淮。复以八都兵讨刘汉宏，并越州以奉董昌，而自居于杭。及昌以越叛，则诛昌而并越，尽有浙东西之地。传其子文穆王元瓘，至其孙忠献王仁佐，遂破李景兵，取福州。而仁佐之弟忠懿王俶，又大出兵攻景，以迎周世宗之师。其后卒以国入觐。三世四王，与五代相终始。天下大乱，豪杰蜂起，以数州之地盗名字者，不可胜数，既覆其族，延及于无辜之民。而吴越地方千里，带甲十万，铸山煮海，象犀珠玉之富，甲于天下，然终不失臣节，贡献于道。"

稍北，为玉厨山、善慧禅寺。

善慧寺：元延祐间建。寺旁，旧有真觉寺。

妙因山之阳，为江文昭公墓。江氏，仁和世族，其父玭，举景泰辛未进士，历官给事中、同东右参政。文昭公名澜，举成化进士，历官翰林院编修、学士、吏部左侍郎。忤幸臣刘瑾，出为南京礼部尚书，澜之仲子晓，举正德进士，历官吏部郎中、布政使、府尹、工部右侍郎。三子晖，举正德进士，历官翰林院编修、修撰。仕宦蝉联，甲于一郡，世德清谨。而参政、尚书、修撰，皆从祀府学学乡贤祠。侍郎、修撰圻，皆以春秋魁榜，尤士族所稀也。

又有："六和塔在城南龙山月轮峰，下瞰大江。唐开宝三年，即钱氏南果园建寺塔以镇江潮，有金鱼池、秀江亭。"

清《神州古史考》载："龙山，在府治南十里，一名卧龙山，以名龙华山，与上下石龙相接，天目分支，沿江而东结撰于此，蜿蜒若游龙然，郭璞所谓'龙飞凤舞者'，即此山。北有鸿雁池，沿江为白塔岭，其上为天真寺、登云台，其下为勋贤祠、天龙禅寺、胜相寺、八卦田，山旁为玉津园。慈云岭者，龙山之支脉也，故其山、寺、岭多以龙名。石壁间篆刻'梁单阏之岁兴建龙山，至涒滩之岁开慈云岭'一十八字。岭之巅有亭。岭下在观音洞。洞口下有石龙庵，今废。永寿寺旧名资仁，后改上石龙永寿院。天王建。天真禅寺，钱王建，寺居山顶，今唯一庵存焉。登云台，钱王建，又名拜郊台，盖钱王郊天地之所也，台侧有灵化洞，武肃王勒壁存焉，洞深百步，阔十余丈。"

龙山渡

《梦粱录》卷十一《堰闸渡》记载："浙江渡，在浙江亭江岸，对西兴。龙山渡，在六和塔开化寺山下，对渔浦。"也就是说，浙江亭对岸是西兴，龙山渡在六和塔开化寺下面，对岸是渔浦，尚未查到记载显示与龙山河相通。

龙山河始点白塔岭

今龙山河自闸口白塔岭起到凤山水门止。

龙山河起点白塔岭旁为安家塘，处于钱塘江畔，古称"柳浦渡"，为京杭运河的起始点，也是运河连接钱塘江水系与萧甬运河的枢纽。官府在此设驿站，称"樟亭驿"。

白居易诗《宿樟亭驿》："夜半樟亭驿，愁人起望乡。月明何所见？潮水白茫茫。"

这里是交通要道，也是一个赏景怀旧之地。白居易在此会客，赋诗《樟亭驿见杨旧》："往恨今愁应不殊，题诗梁下又踟蹰。羡君独梦见兄弟，我到天明睡亦无。"

　　"柳浦"意为种植柳树的水滨。唐代赵嘏《西江晚泊》诗："茫茫霭霭失西东，柳浦桑村处处同。"或可窥探到，早年渡口是一个江雾迷蒙、桑柳遍野的村落，因而得名"柳浦"。六朝时的柳浦埭，处于凤凰山东南麓、钱塘江之滨，隔江便是萧山西陵渡（又称固陵）。晋太宁二年（324），山下江水汹涌，漫延到江塘之内的馒头山之间，古人便在江边筑起浮桥码头一座，名曰樟林桁，成为渡口最早的历史。

　　北宋《太平寰宇记》载：隋开皇十年（590）"移州居钱塘城，十一年复移州于柳浦西，依山筑城。"唐宋时期，柳浦渡已成为一个对外口岸，诗人杜甫有"商胡离别下扬州，忆上西陵故驿楼"，"西陵"指的就是对岸渡口。

　　不难想见，人们可以在此扬帆出海，到扬州去做生意。柳浦渡恰好居江、河、海三水（钱塘江、运河、东海）要冲，凡南来北往的商客由柳浦渡转乘船舟，既可漂洋出海，也可上溯到两浙的各个州县。外海船舶从杭州湾驶入港口，经柳浦埠头，或驳运至京杭大运河，北去江宁，交通甚为便捷。

　　柳浦埠头海船云集，人来客往，自唐宋始，柳浦渡一带商货云集，人来客往，熙熙攘攘，为了指点旅客路径及景点方位，白塔岭下居然出现了兜售"地经"的小贩（"地经"为最早地图），有诗曰："白塔桥边卖地经，长亭短驿甚分明。如何只说临安路，不较中原有几程？"柳浦渡闻名遐迩。江上运输的船只，逆江而上的海船，大多在这里停靠。此处是龙山河与中河汇集地，直通大运河，各色货物在此集散，繁华异常。

　　明初，战乱频起，沿海海防松懈，盗贼侵入江道，掠夺骚扰。柳浦渡处于江海口上，为倭寇所垂涎。明嘉靖年间，倭寇不仅啸聚水上，而且攻城掠池。督抚胡宪宗在柳浦渡北之凤山门筑襟江楼，凤凰山上建望海楼，设哨所及火炮，并沿江屯兵数万严防，始保江岸百姓的安宁。

二十世纪二三十年代后，随着江墅、杭江、沪杭铁路通车，安家塘建起了修理机车的工厂，成为机务厂、发电厂、修理厂、员工宿舍等。由此，船工、修理工、过往商客汇聚在此，客来车往，留存至今的铁轨（闸口至拱宸桥铁道）、铁路建筑依稀能见昔日风情。内有几幢市级文保建筑，中西合璧，颇具三四十年代江浙中产阶级住宅特色。

龙山河的起点，凤山水门

中河以凤山水门为界，北称龙山河，南向即为中河，与古运河连通。

元末，张士诚在凤山门筑水门，以此为界，北向是中河，南向为龙山河，并进行了大规模的疏浚，使得龙山河可以通行较大的船舶，凤山水门也就成了据守杭城的隘口。

凤山水门，城门平面呈矩形，为单拱门洞，城门列长 9.95 米，残高 3.8 米，宽 12.8 米。门洞由两个不同跨径的石拱券并联而成，纵联分节并列法砌筑，北孔高 2.8 米，跨径 5.7 米，南孔高 1.92 米，跨径 4.3 米。门洞中有石砌方形闸槽，闸挡后有石雕门臼，原安有闸门可以启闭，今已缺失。水门南面拱券上方的城墙上，嵌有"凤山水门"石刻竖碑。城墙总厚度 12.3 米，残存长 22.49 米。1986 年重建围墙时，进行过修缮。修缮后，整体结构完整。

五十年代以前的龙山河

明末清初，随着龙山河与钱塘江持续的水位落差，致使龙山闸与浙江闸，改"闸"为"坝"，往来船舶由"过闸"改为"翻坝"。

由此，在三廊庙到闸口一线催生了一个特殊的行业——过塘行的兴起。

因为钱塘江上游有大批的木排、竹排顺流而下，到了闸口需要由过塘行进行分拆，由民工将木排拆散，再肩扛兽拉上岸，进行内河航道。

木料被扎成小木排，翻坝以后，经龙山河、中河运到各地。

早年龙山河与江岸之间有条纤道，人称江塘。随着货物的南来北往，大批商品在此"过塘"，形成南星桥到闸口商贸的兴起，除了过塘行以外，出现了木行、竹行、纸行、柴炭行、山货行、茶行等在江滩上盛行。抗战胜利后，取名复兴路，一条相当热闹的街道，两旁有堆场、客栈、酒楼、货房以及民工的住房。

从晚清至 20 世纪 40 年代末，竹木业逐步发展，龙山河一带已有竹木行十余家之多，其中以徽、处两帮最早。徽帮来自休宁、婺源、歙县、绩溪等地，以长梢杉木为主；处帮以松阳、龙泉等地板料为主。二帮之中，尤以徽帮居重，因徽木材质优良，产值亦高，远道运杭，山客资力较厚。逐年繁兴，货多客众，声名在外。

竹木行均设在龙山河一线，面江背山，位置甚佳，生意兴隆。

1920 年，已发展木行近 30 家，其中以徽帮为众，约占 1/3。每年初夏季节，各帮山客云集江干，其中较大的木行，住客多达百余人，一般中小型木行亦在十或十余人不等，可谓盛极一时。

1946 年夏，木行同业公会成立时，已达 48 家，时至 1947 年，沿江一带的大小木行竟达到 226 家之多。由此，嘉、湖、淞、沪、苏等地水客纷至沓来。

龙山河与中河一带木行先后恢复兴起。

今天的龙山河

龙山河与闸口是从古代的江滩演化而来，有了龙山河与钱塘江上的航运业，才会有了建于五代吴越国时的白塔指引船舶方向，也起到镇摄钱塘江大潮的功用。直到近代出现江墅铁路、铁路闸口机厂、闸口电厂等企业。

如今的龙山河是一条城市景观河道，南端是白塔岭双向泵站，北端是凤山水门，全长 4400 米，宽 20 米左右。临江有白塔岭双向泵站，每隔一小时就有仪器监测龙山河的水位，当水位上升时泵站开启，河水往江里流。反之，水位下降泵站将江水源源不断地输入龙山河。

有了这源头活水，龙山河一直是杭城内河水质好的流域之一，仍然担当着引钱塘江水入城的重任，江水是在之江路老复兴街口这里的龙山河沉砂池沉淀滤清后，再分流入中河、西湖，白塔岭泵站是西湖入水来源之一。

20世纪90年代后，老复兴街及其两侧的旧城进行大规模改造，同时对原钱塘江江堤也进行改造，在临江道和江堤之间建设了宽30—50米的江边绿化带，使临江道成为一条亮丽的景观大道，称之江路。

旧龙山闸（坝）成为之江路的一部分，上筑"南大通桥"，下设涵洞，江与河由此沟通。老复兴街两侧破旧矮房全部拆除，取而代之的是高楼大厦新小区和白塔公园。

建造于元末的凤山水门，经过600多年沧桑，今完好无损，成为杭州唯一保留至今的古城门，2014年中国大运河列入《世界遗产名录》，凤山水门成为遗产点之一。

运河遗存

明代北新关

焦明

一、北新关设置的原因

1. 明初杭州经济的繁荣

唐宋以来，中国经济重心南移，江浙地区日趋繁荣。杭州自隋代以来，成为大运河的终点，便利的交通促进了经济的快速发展，杭州一跃成为万物富庶的"东南第一州"。南宋定都杭州之后，杭州更是成为当时全国的政治、经济、文化中心。元代，杭州依旧延续了南宋以来的繁荣，经济继续向前发展。到明初，杭州"舟航水塞，车马路镇，百货之委，商贾贸迁"[1]，是全国著名的工商业城市。"浙之杭，百货攸萃，舟楫聚焉，故设关榷之"[2]，杭州经济的繁荣成为北新关设立的重要原因之一。

2. 北新桥特殊的地理位置

钞关既然是征收过税的机构，必定设于交通枢纽。元末，张士诚占据杭州，在南宋已有河道的基础上疏浚而成新的运河，"自塘栖南五林港开河至江涨桥，因名新开运河，亦名北关河"[3]。新运河开通后，取代上塘河成为大运河的主干道，"凡诸路纲运，及贩米客舟，皆由此达于行都"[4]。明清时期，仍沿用了元末的北关河水道。北新桥正位于大运河主干道北关河上，它地处杭州城北，浙东运河、钱塘江、西湖、苕溪、余杭诸水结脉北新桥南，北新桥是杭州运河的中心。"路当吴楚闽粤之冲，水浮陆走者必由焉"[5]，是进出杭州城的必经之地。再加上杭州"南通闽粤，西跨豫章，北连吴会"[6]的区域位置，在北新桥设关

---

[1]　万历《杭州府志》卷三三《城池》

[2]　孙忠焕：《杭州运河文献集成》第 1 册，第 11 页，杭州出版社，2009。

[3]　[清]李卫等编：雍正《浙江通志》卷五三《水利》，中华书局，2001。

[4]　咸淳《临安志》卷三五《山川》·《新开运河条》。

[5]　孙忠焕：《杭州运河文献集成》第 1 册，第 231 页，杭州出版社，2009。

[6]　孙忠焕：《杭州运河文献集成》第 1 册，第 244 页，杭州出版社，2009。

不仅可以控制杭州的水陆运输，影响范围更可波及周边省份。

3. 推行宝钞政策的需要

明初，朝廷发行大明宝钞，以强制手段迫使官民在日常生活中使用。但是，由于滥发纸币，到宣德年间，宝钞贬值，通货膨胀严重，官民利益受损，民怨不断。明政府面临严重的财政困难。基于此，明政府希望通过设立钞关，扩大税源，增加财政收入。史载："宣德间，钞法不行，廷臣奏征天下官民客商船料钞。"[1]推行宝钞政策的需要成为明政府设立钞关的重要引线。

二、北新关的设立

明宣德四年（1429），北新关设立，隶属于户部。因设于北新桥，据桥为关，称为北新关。又因明代以钞交税，称北新钞关。史载："宣德四年，以钞法不通，由商居货不税……舟船受雇装载者，计所载料多寡，路近远纳钞。钞关之设自此始。……于是，有漷县、济宁、徐州、淮安、扬州、上新河、浒墅、九江、金沙洲、临清、北新诸钞关。"[2]成化四年（1468），北新关被废。成化七年（1471）复设，此后成为定制。北新关设立之初，仅征收船料费，即运载商货船只的通过税。正德六年(1511)之后，兼收商税。和其他钞关不同的是，北新关分曹设口，各有专司。自北新关向东、南、西三处都有巡查口址。其管辖范围包括了拱宸桥直河一带、屠子桥、郭家浜、丸窑头、谢村二桥至王家庄，共计二十五里。此后石亭子也划入北新大关内。因此，北新关并非单一的据桥设关，而是包含了一定的管辖范围，在此范围内，皆可进行巡查。北新关下设七务六关。七务包括了城中务、江涨务、城北务、城南务、横塘临平务、西溪务、安溪镇凤口务。六关包括了东新关、打铁关、观音关、板桥关、良马关、北新关。原则上七务征收商税，

---

[1] 万历《淮安府志》卷三《建制志·公署》。

[2] （清）张廷玉等撰：《明史》卷八一《志五十七·食货志·商税》。

六关征收船料费，各有分工。并根据货物多少确定在北新大关交税还是在七务交税。北新关以大关为中心，和分布于不同区域的七务六关相结合，形成了统一的整体，也由此得以控制杭州各水路商品流通的情况。

三、北新关的设置与杭州经济发展

北新关设立后，江西、闽广、苏南等地的商贸更加依赖于大运河，许多货物都需要在杭州进行中转，也因此促进了杭州经济的发展。根据雍正《浙江通志》的记载，明代弘治元年（1488）北新关商税额 4000 两，嘉靖二十三年（1544）商税额 30000 两，万历三十九年（1611）49700 两，到天启元年（1621）商税额达到 69700 两。[1] 从北新关的税收变化中足可见杭州经济在明代的发展。此外，北新关设置后对杭州经济的影响还体现在市镇的繁荣。城内市集繁华，城外市镇也飞速发展。最著名的市镇当属北关和湖墅两市。

1. 北关市

北新关设立后，由于处于大运河主干道以及商税征收的需要，这里成为进出杭州的必经之路，沿运河过来的商品都要在此集散。在其附近形成了热闹非凡的商业贸易区，"百货辐辏，商贾云集，千艘万舳，往回不绝，东南财赋之乡，此其征也"[2]。并且形成了著名的北关夜市。夜市实际上是白天商贸活动的延续和补充，是城市经济高度发展的标志。明代中叶，杭州商业已十分繁荣，外地商贾纷纷涌入杭州，白天的商贸已不足以满足商贸活动的需要。特别是北新关一带，因杭州城的粮食以及丝绸竹木等货物都需要大运河来运输，每天都有千百艘的商船经过北新关，日夜不停，货物运输十分繁忙，北新关一带成为丝绸、棉布等众多货物的集散地，加之处于杭州城外，商贸活动不受时间限制，遂形成了以商业

---

[1]　（清）李卫等编：雍正《浙江通志》卷八六《榷税》，中华书局，2001。

[2]　孙忠焕：《杭州运河文献集成》第 1 册，第 78 页，杭州出版社 2009。

活动为特征的夜市。明人高得旸在《北关夜市》一诗中描绘道："北关晚集市如林，上国流传直至今。青芒受风摇月影，绛纱笼火照春明。楼前饮伴联游袂，湖上归人散醉襟。阛阓喧阗如昼日，禁钟未动夜将深。"[1]由此可见北关夜市商业之繁华。

2. 湖墅市

湖墅，在明代也称湖州市。地理范围涵盖武林门到北新关。杭州自南宋以来形成了东门菜、西门水、南门柴、北门米的城市格局。明代，由于杭州及周边商业的发展，杭州城所需粮食更多地依赖外地输入，湖广地区是其主要来源之一，大量的粮食经长江转入京杭大运河，从城北运往杭州城。由于湖墅地区毗邻北新关，境内又有京杭大运河、上塘河、余杭塘河，交通发达。大量的粮食在这里集散，湖墅地区成为杭州米粮集散中心。同时杭州的丝绸、茶叶以及周边湖州、嘉兴等地的特产、货物等也是在湖墅地区中转再经运河销往北方各地的，这里是杭州重要的商业区。顾炎武这样描述湖墅的繁荣："杭城北湖州市，南浙江驿，咸延袤十里，井屋鳞次，烟火数十万家，非独城中居民也。……而河北郡邑乃有数十里无聚落，即一邑之众，尚不及杭城南北市驿之半者。"[2]认为湖墅已经超过北方一个州郡的规模。而明人陆玄锡"湖墅地方十余里，而民居稠密，市舶舣集，一大都会也"[3]，也说明了借助于大运河与北新关，湖墅地区依据得天独厚的区位优势，带来了辖区经济的繁荣与发展。

结语

明朝实行海禁政策，全国商贸流通愈加依赖大运河，京杭大运河不仅是明代南北经济大动脉，更维系着明王朝的生命线。而钞关正是明政府在运河沿岸及水陆要冲设置的重要关卡。终明一代，全国共有八大钞关，七个设在运河沿线，杭

---

[1] 《西湖游览志余》卷一二《才情雅致》。

[2] 顾炎武：《肇域志·浙江》。

[3] 孙忠焕：《杭州运河文献集成》第1册，第242页，杭州出版社，2009。

州的北新关便是其中之一，地位可见一斑。北新关的设置及之后的快速发展除了杭州位于运河终点的区位因素外，更与杭州经济的繁荣密切相关。反之，北新关在设置后，杭州运河征税系统更加完备，运河的管理也愈加规范，提升了杭州在运河沿线及周边城市中的地位，推动了杭州经济的发展。

江墅铁路遗址

周佳

在拱墅区登云路和金华路交叉口，一座仿古的钟楼矗立在绿荫中，"江墅铁路"四个大字题在上面。路人见此，常会想："这里怎么会有铁路？……"拾级而上，迎面就是一座老式候车室——拱宸站 1907.8.23，厚重的历史感扑面而来，不由自主地走进，一抬眼便是"江墅铁路陈列馆"牌匾。"哦"一声，心中顿时释然，原来这里是江墅铁路的遗址！

江墅铁路，老底子的杭州人肯定知道，其背景显赫。它可是浙江第一条铁路，始建于 1906 年，全长 16.135 公里，因为它从江干闸口至湖墅拱宸桥而得名。1907 年 8 月 23 日全线通车并开始客货运营，它共设 5 个站，分别是拱宸桥站、艮山门站、清泰门站、南星桥站、闸口站。

背景

肯定有人会问："浙江的第一条铁路为什么会选址在这里呢？"

说来就话长了。关于江墅铁路的建设，有着非常特殊的历史背景。1895 年甲午战争战败后，大清国力已是衰弱至极。为了偿还高达 2 亿两白银的战争赔款，政府不惜以关税、采矿权、铁路建设权作为抵押，向外国银行高息贷款，国家的经济命脉几乎被列强控制。此时，帝国主义开始疯狂掠夺中国路权，为了保护国家的利益，社会各界掀起收回路权和商办铁路运动。

1905 年，为抵制英美掠夺路权，浙江省成立了商办的浙江铁路有限公司，并推时任两淮盐运使的汤寿潜为总经理，揭开了兴建浙江铁路的序幕。（汤寿潜：浙江绅商、四品卿衔署理两淮盐运使，时年 50 岁。）

筹款

然而修筑铁路并不是一帆风顺，所谓"万事开头难"。首先要解决的便是资金问题，指望清政府"拨款"是不可能了。汤寿潜凭借着商人精明的头脑，决定来个"众筹"。他顶住来自清廷和列强的重重压力，动员"工商各界、缩衣节食、勉尽公义"来公开投股，认购路权。

汤寿潜的筹款工作还有一个得力的助手，他便是西湖宝石山坚匏别墅主人、湖州富商刘锦藻。他想方设法帮助汤寿潜筹款。在湖州当地，习惯将家产超过 1000 万银两的富商称作"象"，500 万的称作"牛"，家产超过 100 万的称为"黄金狗"。"四象"之首的刘氏家族，有 20 户个人或堂号认购一万元以上股金，总值百万。后来连码头挑夫、庙里的道士和尚、戏子、妓女、乞丐都来认购路股，有点像现在全民炒股的场景。多的出上万上千，少的出一元两元，最后浙路公司股不满五元的小股东户数就有 16574 户[1]。至 1906 年 5 月，浙江铁路有限公司已筹资 480 多万元。

选址

最初的设想，是修筑一条沪杭铁路。但是由于资金有限，加上技术条件还不成熟，所以，浙江铁路公司决定先建一段江（江干闸口）墅（湖墅拱宸桥）铁路，不仅可以沟通钱塘江、运河水运交通，而且还可以为今后建造沪杭铁路积累经验。

江墅铁路于 1905 年开始勘测后，拟定了两条线路方案备选。一条为绕西湖而行，越过万松岭抵达闸口；一条沿着杭州东侧城墙而行。第一条路线所经遇古墓较多，迁坟当时系不孝之举，而且不少还是皇亲国戚和达官贵人的，让他们迁坟更是难上加难。且沿西湖建设有破坏风景名胜之忧虑，所以上奏清政府后，立马被否决，还下示"永远不准在此筑路"。于是只好采用绕城郭而行的第二方案，

---

[1] 许明：《运河南端觅遗址》第 77 页，杭州出版社，2014。

由湖墅的拱宸桥起,经艮山门、清泰门、南星桥而止于江干的闸口。那里基本上是平坦的农田,修起铁路来也比较方便。

开建

1906 年 11 月 14 日在凤山门外的罗木营,各界代表出席了江墅铁路的开工典礼,表示正式开始修筑江墅铁路。

江墅铁路的设计标准同沪杭铁路。为了降低成本,汤寿潜采购了当时性价比最高的英制蒸汽机头,而且坚持采用汉阳铁厂制造的国产铁轨,不但价格低,而且质量可靠[1]。把江墅铁路的建设费从当时商办铁路普遍的造价 6 万每公里压缩到 3.8 万每公里以下,全部建筑费用为 168.6 万银圆,在当时真是不可思议之事。

铁路线路沿当时杭州的老城墙外由南而北,因全线地势相对平坦,建造过程十分顺利,到 1907 年 8 月 23 日即告全线通车并开始客货运营。

城站

1907 年江墅铁路通车后,杭州城里人要到城外的清泰门站上下车甚感不便,尤其在早、晚,乘客还要等城门开放时才能进出城内外。为了解决这一问题,汤寿潜的女婿、刚从美国回来的马一浮针对这一弊端给丈人出主意,建议将清泰门站移至城内。这一修改谈何容易,火车站设在城内,铁路首先要破两处城墙。翁婿俩通过各种渠道颇费了番口舌,终算被清政府钦准了,铁路线破了清泰门北和望江门南两处城墙。1909 年开始修建杭州城内的火车站,1910 年才将清泰门站迁移至城内,改称"杭州站",因是城内之站,所以人们又习惯称"杭州站"为"杭州城站"。

---

[1]　许明:《运河南端觅遗址》第 77 页,杭州出版社,2014。

繁华

1907年8月23日，江墅铁路通车那天，闸口站人潮涌动，杭城的百姓蜂拥而至，争相目睹火车的风采。随着汽笛长鸣，半人多高的钢轮，在大腿般粗细的驱动杆推动下缓缓转动，黑色蒸汽机头如同一头钢铁怪兽，拖动着长长的尾巴，扑哧扑哧，越跑越快，只剩一层浓密的烟雾在天空翻滚……

江墅铁路的火车时速达17公里左右，从起点站闸口站到终点站拱宸桥站，行程达一个多小时。铁路开通后，人们除了原来的马车、客船外，又有了新的选择。尤其是那些运货的商贩，更是喜不自胜。因为火车的载货能力强，而且比船和车都要快得多，车票的价格也很平民化。"浙路公司将车票分为头等、二等、三等座，和现在的火车有些类似，根据级别票价不一，最便宜的全程票只需几分钱，不说做生意的商贩，就是乡下人进城访亲，也是很实惠的选择。"[1]

自中日甲午战争结束签订《马关条约》（1895）之后，拱宸桥一带曾沦为日本人的"租界"，市面曾一度畸形繁华，而江墅铁路的开通运行，也为当时拱宸桥地区的经济繁荣起到了很大的推动作用。拱宸桥地区商贾云集，牙行林立，成为数千挑夫赖以谋生之地。到1937年抗日战争前夕，拱宸站的年进出旅客近60万人次，当年的兴旺景象可见一斑。而且，铁路的开通还给沿线的人们带来了新的赚钱机会，他们把自家生产的农产品、家禽等带到火车站售卖，热闹得俨然就是个集市，带动了铁路沿线经济的发展。

1912年，孙中山曾从闸口乘火车到过拱宸桥。据《孙中山与浙江》一书中记载："（孙中山）一九一二年十二月十一日上午赴江干察看铁路路线及钱塘江的水道；参观了之江大学，与师生共进午餐。午后乘闸口至湖墅的火车，至湖墅拱埠参观商场。十二日出游灵隐、天竺。十三日早晨即乘车回沪。"孙中山受临时政府委托担任全国铁路督办、组建中国铁路总公司，全权筹办全国铁路。

---

[1] 许明：《运河南端觅遗址》第79页，杭州出版社，2014。

没落

抗日战争爆发后，为阻挡日军南下，国民党政府破坏铁路设施，在 1937 年 12 月 23 日为阻止日寇过江，钱塘江大桥奉命被炸的当天，也把江墅铁路上的两座桥梁（沈塘湾桥和万年桥）炸毁。日军侵占杭州后，基本按原貌重建通车。

杭州被日军占领后，日军对铁路沿线实施管制。到 1944 年，抗日战争接近尾声，日寇在华的日子一天比一天难过，为了阻止爱国志士的伏击，同时为贴补军队的战争物质，索性将江墅铁路的铁轨和枕木等拆掉，只剩下路基，江墅铁路名存实亡。

到 1949 年后路基逐步成为公路，我们现在看到的绍兴路便是在原来的路基上建造起来的。21 世纪初绍兴路拓宽至 36 米，成为连接拱墅、下城区的通行大道。而江墅铁路拱宸桥站，则渐渐湮没，据拱墅区文化馆老馆长石永民考察："老拱宸桥站的位置就在杭丝联的厂区里。50 年代初，在姚家坝河的河水木桥附近，还有拱宸桥机器厂（杭州机务段前身）和基建破败的老厂房。后来，杭丝联建厂，老房子就彻底被清除了。"

纪念

如今，在绿树茵茵中，江墅铁路遗址公园就建立在拱宸桥站的附近，纪念这一条短暂却辉煌的铁路。2012 年 12 月 30 日建成江墅铁路陈列馆，并免费对外开放。陈列馆介绍了江墅铁路的发展历史和中国铁路的发展史。收藏展示了铁路相关的设施、设备、火车票、铁路工人的帽徽及有关铁路发展史的图片、书籍等珍贵的历史资料。

为了让人们有身临其境的感觉，候车室（江墅铁路陈列馆）后面的月台下便是两条长 45 米的铁轨，上面停放着一个曾在杭州机务段使用过的编号为 8041 的建设型货运蒸汽机车头，重达 125 吨，成为公园的一大亮点，每天都吸引众多人拍照留念。

千工轿

焦明

在古代，花轿就是女子出嫁的交通工具，类似于今天的婚车。在众多的花轿中，千工轿堪称是精美花轿的典范。那什么是千工轿呢？千工轿就是花费上千个工时制作的花轿，工作一天算一工，也就是说一顶千工轿如果只由一个工匠来制作，至少要三年的时间才能完工。

在中国京杭大运河博物馆内藏有这样一顶千工轿。这顶花轿长、宽各为 98 厘米，高 265 厘米，上面刻满了花鸟鱼虫、山水人物以及各种吉祥故事的图案，非常精美。整个花轿没有用一颗钉子，而是全部采用传统的榫卯技术，通过凹凸部位相结合的方式拼接而成，既牢固又美观。在花轿的顶端还雕刻着龙的造型。在古代，龙凤可是皇家的专用图案，而这顶花轿却是清末民初时期宁绍平原女子出嫁的婚嫁用具。为什么浙东地区的女子出嫁能乘坐这样一顶龙凤花轿呢？

这还要从浙东女子尽封王的故事说起。据说南宋初年，登基不久的宋高宗在金兵追击下，一路逃到浙东地区，幸好被一位姑娘所救。为了报答救命之恩，宋高宗下旨特许浙东地区女子出嫁可以乘坐龙凤花轿，穿戴凤冠霞帔。传说是真是假，已难以考证，不过浙东地区新娘出嫁乘坐龙凤花轿的习俗却从南宋流传了下来。

在出嫁当天，新娘坐着精美的千工轿，带着丰厚的嫁妆一路从娘家到夫家，而这些嫁妆呢，大到床铺家具，小到木桶提篮，凡是新娘嫁到夫家的生活所需，一应俱全。浩浩荡荡的迎亲队伍更是长达数里。这种大户人家嫁女的壮观场面，被称为"十里红妆"。

为什么浙东地区的花轿能够做得如此精美呢？

首先，花轿代表的是明媒正娶，精美的花轿最能显示新娘的身份，同时也可以反映出娘家家境的好坏。民间有"八抬大轿抬过来，十里红妆嫁过来"之说。

所以，有许多大户人家在花轿的做工上不惜成本，从而使得花轿越来越复杂。

其次，千工轿采用的朱金木雕工艺是浙东地区的传统工艺，长期以来被广泛地应用在家具雕饰中。因此，朱金木雕工艺的发展是千工轿及十里红妆出现的重要的技术依托。

最后，浙东地区具备足够的经济实力。连接杭州、绍兴、宁波之间的浙东运河，既是京杭大运河的延伸段，更使大运河与海上丝绸之路相连。海陆畅通的区位优势带来了经济的繁荣，使人们有能力为女儿置办精美丰厚的嫁妆，而富家大户也希望借此炫耀家族的财富与地位。因此，才会出现千工轿乃至十里红妆。

今天，随着时代的发展，婚车早已取代了花轿，但是千工轿作为浙东地区独具特色的婚嫁文化的代表，体现了江南的富庶和民间高超的手工技艺，承载的是人们对于未来美好生活的追求和向往。

大运河水脊
——南旺分水枢纽

周佳

南旺分水枢纽是京杭运河全线"文化"含量最高的工程之一，由引水系统、河道系统和蓄调系统三部分有机组成，整个工程由戴村坝、小汶河、水柜、南旺分水石拨、节制闸共同组成，各个工程项目相互关联、相辅相成，分别起到引水、蓄水、防洪、泄洪、控水等作用，是京杭大运河上重要的水利工程之一。

一、大运河南旺段地理特征及水系

南旺位于山东省汶上县，是京杭大运河全线地势最高的地方，北接临清，南汇江淮，素有"水脊"之称，关系着京杭大运河的南北通畅。汶上县南旺分水枢纽区域北有大汶河，西有梁济运河南北穿过，还有小汶河和泉河，还有洸水、泗河、府河，其中大汶河的水量较为充沛。枢纽中还有蓄水湖，称"水柜"：马踏湖、南旺湖、蜀山湖以及济宁城西的马场湖。

运河南旺段属于大运河会通河段，位于泗水和汶水冲积平原的高阜上，海拔高 39 米，史载，比北边的临清高 90 尺（约 30 米），比南边的沽头高 116 尺（约 39 米），是整条京杭大运河海拔最高的点。

由于地理位置的影响，此段运河自开通以来就在通航上存在三个问题：如何保证船只通过？如何保证水源充足？如何解决河床淤浅？元、明、清三代王朝为解决这些问题，采取了各种措施，以保证漕运的顺利进行。

二、南旺分水枢纽的建设背景

元代为了加快漕粮的北运，对原来的南北大运河采取了截弯取直的做法，在山东省境内开济州河和会通河，后来二河常混称为会通河，二河成为一河之两段。1292 年，京杭大运河全线贯通，南北全线通航，舳舻相继，江南的漕粮源源不断地运往北方。

由于会通河地势较高，水源匮乏，且河道狭窄水浅，载重较大船只很难通过，元代的漕粮运输仍以海运为主，运河为辅。到了明洪武二十四年（1391），黄河在原武（今河南原阳境内）（另一说河南黑羊山）决口，洪流泛滥，导致会通河被淤塞，漕运无法继续。

明成祖永乐元年（1403）定都北京，恢复运河南北漕运直接关系到政治的稳定和民生的保障，解决运河水源尤其是枯水期水源问题，清淤重开会通河成为政府的头等大事。明永乐九年（1411），济宁州同知潘叔正上书朝廷，说旧会通河淤塞者有三分之一，竣而通之，并非只是缓解山东之民转输之劳，也是国家无穷之利。明成祖朱棣采纳了他的建议，命工部尚书宋礼、刑部侍郎金纯、都督同知周长疏浚会通河。宋礼征调济南、兖州、青州等地民工 16.5 万余人，将济宁至临清近二百公里的会通河全面疏浚。河"深一丈三尺，广三丈二尺"。其中汶上袁家口至寿张沙湾一段，废弃元代旧河，东移 10 公里另开新河，南北两端接旧河。

这次重新疏浚会通河，地势已与元代大不相同，由于黄河决口洪水屡灌"梁山泊"，致使东平湖一带逐渐淤高，大运河"水脊"已从济宁北移至南旺附近，奈何南旺地势高，水源不足，无水如何成航？解决水源便成了通航的难题。

宋礼一筹莫展，苦思无解，乃"布衣微服，至汶上城东北，访白英于彩山之阳"。白英是在乡间是德高望重的"老人"，对于泉源和治水之道经验丰富，见解独到。宋礼诚心求教，白英见其态度虔诚，便根据自己十多年时间掌握的汶上、东平、宁阳、兖州、泰安等二十多个县州的地形水势，提出了"借水行舟，引汶济运，挖诸泉，修水柜"的建议。《明史·宋礼传》记："乃用汶上老人白英策，筑戴村坝横亘五里，遏汶流，使无南入洸而北归海，汇诸泉之水尽出汶上，至南旺中分之为二道。"宋礼喜出望外欣然采纳，并邀请白英共建这一工程，下令依此设计立即开工建造。

三、南旺分水枢纽的运作

1.南旺分水

宋礼依白英之计，在东平的戴村筑起一条长 126 丈 8 尺（423 米）的"戴村坝"，拦住大汶河水；又从戴村坝至南旺分水口开挖一道八十余里长的小汶河，引汶济运，保证南旺段运河有了足够的水源；接下来导泉补源，即收集疏导汶上县东北各山泉汇入泉河至分水；为调节入运之水的南北流量，在至高点建造了一个科学而合理的分水口，被后人称之为"龙王分水"。该分水的建造，先是在小汶河与运河交汇处的丁字口的对岸，即"T"型口处筑砌了一道 230 米长的石砌岸，以消减小汶河水流的冲击；而后在河底部建造了一个鱼脊状的石拨即"鱼嘴"，以石拨将汶水分流南北。改变石拨的形状、方向和位置即可调整南北分流比例。民间所传的"七分朝天子，三分下江南"说的便是如此。（后经考证，实际分流比例近于六比四，且根据南北用水量不同时有调整。）由此顺利解决了运河水源的水位差困难。

2.设闸过航

闸的作用，就是保持运河水量。建水闸，是为了有效控制水流，调节水量，便利舟楫。

南旺水脊，地形复杂，宋礼、白英为调节水量，又相地置闸。《明史·宋礼传》载："北自临清置闸十七；南至沽头置闸二十有一。"所置水闸，值人看守，层层节水，以时蓄泄。在南旺以北、以南的运河主干道上，于明永乐九年（1411）、隆庆元年（1567）、万历三十二年（1604）三次改道后相继建节制闸 38 座。《明实录》记载："（永乐九年六月己卯）会通河成，河以汶、泗为源……自济宁至临清置闸十五，闸置官，立水则，以时启闭，舟行便之"。通过启闭诸闸，一段一段延缓水势，控制水量，以利船只顺利越过南旺水脊，畅通南北。其中，南旺分水口建成后，为控制水流量，节用水源，控制分水量，成化年间，在南旺南北各相距 2.5 公里处，分别设置了南边的柳林闸和北边的十里闸，称之为"分水龙王庙二闸"，根据水源情况定时启闭闸门控制南北分水量。

《明史·宋礼列传》载："分水龙王庙二闸尤为重要，最易斟酌。若浅于南，则当闭北闸，使分北之水亦归于南；浅于北，则闭南闸，使分南之水亦归于北。"也就是说：当北水不足时，开启十里闸，柳林闸严闭，开诸湖放水斗门，水随船北去；如南水紧缺，则闭十里闸，开柳林闸，放水南下，这样一来，就能保证了南北过往船只的顺利通过。

明末清初的历史学家谈迁，在顺治年间曾沿南北大运河游玩，在《北游录·纪程》中记述他经过"南旺水脊"时的情况说："自济宁至临清凡四百里。总河尚书及水部并驻济宁，申禁特严，此启彼闭，一蓄一泄，日不再启。""时新筑砖堡，以水浅，上下闸俱毕。待分水庙前泉溢，始放舟。"

3. 保证水源

（1）四水济运

元代会通河开通后，为解决运河水源问题，泗汶都漕运副使马之贞建言："新开会通，并济州汶、泗，相通于河，非自然之流也，应于兖州立闸堰，约泗水西流，堽城立闸堰，分汶水入河，南会于济州。以六闸撙节水势，启闭通放舟楫，南通淮、泗，北以通新开会通河，至于通州。"这就是运河史上所说的"四水济运"。四水是指汶、泗、洸、府。

（2）设置水柜

设水柜，是为调节运河水量的重要工程。由于汛期洪水来量过大，致使沿岸决口成灾，为削减河道流量，宋礼、白英利用运河两岸的洼地创诸湖，建斗门，以调节运河水量。《明史·河渠志》载：宋礼、白英议设水柜，"又于汶上、东平、济宁、沛县并湖地设水柜、陡门。在漕河西者曰水柜，东者曰陡门，柜以蓄泉，门以泄涨"。

宋礼在重竣会通河时，利用安山洼建成了第一个水柜，后又修建南旺湖、蜀山湖、马踏湖三湖围堤，使之变成三个水柜。另把济宁城西一片洼地也辟为水柜，名为马场湖。这样在济宁以北就有马场、南旺、蜀山、马踏、安山五个水柜。运河水浅时，由水柜放水入运；运河水涨时，泄水入水柜。这样，既减轻了小汶河下游洪涝灾害，又能使得枯水季节的运河航行不至中断。

宋礼、白英在引水河道与水柜的关系处理上，抓住了"引、蓄、分、排"四个环节，实现了蓄泄得宜、运用有方。

水柜还有着沉淀泥沙的功能，用以补水至南旺而分流南北的汶河，起源于泰莱山区，落差极大，而汶水所挟带的泥沙又多，泥沙大部分随洪水进入运河东岸的蜀山湖、马踏湖和西岸的南旺湖等三个"水柜"中，客观上起到了为流入运河的汶水沉淀泥沙的作用。虽有三水柜沉淀泥沙，但仍有一部分泥沙流入运河，造成南旺段运河常常淤浅。后来，人们又在南旺运河的东南方，新挖一条河道，让汶水先流入此河道中，待沉淀澄清后，才放入运河，这段河道俗称"寄沙囊"。然而，诸多措施仍不能避免运河的阻塞，后又有了南旺一带"一年一小挑，两年一大挑"的清淤疏浚定制。

（3）导泉补源

自明永乐十三年（1415），漕运直达通州而罢海运之后，京杭运河成为朝廷唯一的运输动脉。因此，解决运河水源尤其是枯水期水源问题，成为一项主要任务。

会通河重开 7 年［永乐十六年（1418）］，以工部主事顾大奇置分司于宁阳，管理泉源。次年漕运总兵官陈瑄请令顾氏等遍历山川，疏浚泉源济漕运。汶水五源广被泰、蒙诸山，泗水上源多泉，有泉林之称，《水经注》已有较详记载。

宋礼为解决水源，按照白英主张，在兖州、青州、济宁州三州境内挖泉水汇入运河，集汶、泗流域上游山泉二三百眼。白英在各地寻找泉源，收集和疏导各山泉济运，并将各地山泉登记注册绘制成泉水分布签，每泉派1至4名泉夫看守，只准百姓饮用不许浇地，违者充军，严重的则发配边疆。为加强山泉的管理，明时还设了一个管泉分司，驻宁阳。谈迁在《北游录·纪程》中也记载："南旺汇七十二泉，跨宁阳、济宁间，即巨野大泽东洼也。"由此，通过集泉眼，导四河在济宁、南旺入运，科学解决了运河水源问题。

元、明、清前期，均十分重视运河漕运，尤其是济宁以北段运河，以南旺段为重点，多次进行修浚。至此，大运河南北全线基本确定，水运通畅，保证了近300年航运的畅通无阻，国之命脉得以延续。

至咸丰五年（1855），黄河在河南兰考铜瓦厢决口，冲段运河河堤，将运河斩断，漕运逐渐走向衰败。到清光绪二十七年（1901）清政府无奈宣布停止漕运。此后，黄河又多次决口，济宁段运河渐被淤塞，直至断航。民国政府虽进行过局部修浚，奈何心有余而力不足，运河航道终究还是日渐萎缩，至20世纪70年代，济宁以北段运河完全断航。

参考文献

［1］　（明）宋濂：《元史·河渠志》卷六十四，中华书局，1976。

［2］　姚汉源：《京杭运河史》，中国水利水电出版社，1997。

［3］　山东省文物考古研究所等：《汶上南旺——京杭大运河南旺分水枢纽工程及龙王庙古建筑群调查与发掘报告》，文物出版社，2011。

［4］　鞠继武、潘凤英：《京杭运河巡礼》，上海教育出版社，1985。

［5］　济宁市档案馆：《济宁运河档案史料汇集三——明清朝代档案珍藏运河彩绘图说》，中国档案出版社，2009。

［6］　谷建华：《图说大运河——古运回望》，中国书店，2010。

运河风情

印象信义坊

陶林

在一个春雨蒙蒙的时节，我走进了信义坊。

我被她温婉的外表迷住了。

余杭塘河如一条玉带静静地躺在街道中间，岸边的垂柳修长、整齐而又灵动地垂到水面，偶尔轻拂一下水面，像在抚摸熟睡的婴儿。

露亭桥、草营桥、归锦桥三座石拱桥连接信义坊两边的街道，不仅方便行人，更是形成一道绝妙的风景，偶尔有撑着油纸伞的女子从桥上经过，倒影映在河中，如梦如幻。

桥的两头有许多展现古代市民生活的雕像，或行走，或摆摊，或品茶，或戏耍，各有千秋。几株高大的樱花正朝着行人怒放，蒙蒙细雨中有花瓣飘在行人的头上，有花瓣粘在行人的脚底，让人不忍远离。

每年这个时候有男女青年来此邂逅，寻找自己的另一半。一旦牵手成功，又会来此拍婚纱照，以示纪念。

信义坊真是个有故事的地方。

据说，此处得名因一位叫陆水的官员。包青天式的清官陆水居住于此。他在清乾隆时为官，他勤政廉政，兴修水利，指导农桑。所辖之地，百姓丰衣足食。他离任时，却两袖清风。陆水守信重道义，传为美谈，他所居住的护堂巷因此更名为信义巷。

信义坊周边历来是商贸重地，人文荟萃。东面便是京杭大运河，旧时樯帆漕运，鱼市米仓，商贾云集。现如今京杭大运河已是世界文化遗产，河面白鹭翻飞，船只往来不绝。两岸风光旖旎，遗迹众多。

信义坊西面是古湖墅八景之一的"白荡烟村"，此地古时有著名的一坛一花二食。一坛即礼拜北斗星君的祭坛；一花即十里桃花；二食即年糕与藕，乃当地百姓春节必备之物。

北面是珠儿潭。相传是南宋奸相贾秋壑的园林，屋中有一水潭，五六尺见方，但池水清冽，涌泉不绝，如珍珠垂帘。

如今的信义坊，真是个休闲学习的好地方。

信义坊的南街是美食一条街，从家常菜到地方特色美食，再到海鲜大排档应有尽有，店面都不大，但极具特色。商家也擅长营销，如一个叫马灯部落的饭店打出的口号是邂逅美食，邂逅爱情，在大众点评上评价甚高，为年轻人所喜爱。

南街上还有一演出场所，所演出节目介于传统剧场与歌舞之间，经常人满为患。

北街曾经是红酒一条街，现如今除了酒吧茶室外，还有拱墅区的自助图书馆，有为幼儿提供早期阅读、习惯培养的培训学校，节假日里也热闹非凡。

有诗人喜欢信义坊这个一河二街三桥的水乡意境，来这里创业后，写下了一些诗句，可见一斑。

千年的古运河

带着渔火

带着船歌

带着隋唐诗韵

带着明清传说

来到了这里

来到了信义坊

在这里驻足

在这里生长

我背着行囊

风餐露宿，风尘仆仆

遇见了大运河

遇见了信义坊

那时她正柳絮飘飞柳枝荡漾

步行街上悠闲的脚步也带着樱花的芬芳

烟雨江南的绿茶、黄酒

洗去了我三十年的忧伤

多情的信义坊

你用四时的美轮美奂

展现了江南女子的温婉和善良

你用那石拱桥上的一顶雨伞

牢牢抓住我的目光

那余杭塘河里流淌的

不是一池春水

而是摄人心魄的千年陈酿

多情的信义坊

你不仅有唐诗宋词的低吟浅唱

你还有春风化雨红袖添香

多情的信义坊

你不仅有风和日丽风舞霓裳

你还有隆隆的战鼓，催人奋进

让人荡气回肠

多情的信义坊
我心爱的姑娘
我要把我的热血和汗水
洒在你每一块青石板上
在这里哭，在这里爱
在这里思，在这里想
在这里歌，在这里唱
在这里生，在这里亡

在这里创造我的辉煌
在这里找到我的荣光

古镇塘栖

杨芳

塘栖镇，位于杭州市余杭区，距市中心约20公里，地势平坦，土地肥沃，物产丰富。著名的京杭大运河穿镇而过，使其成为苏、沪、嘉、湖的水路要津，历朝历代，塘栖均为杭州的水上门户。

如果不是在运河边上班，也许我也不会去关注水乡众多的江南，有这么一个小小的古镇，她没有乌镇、西塘、周庄有名，甚至很多人听到这个名字都以为是说错了，会纠正一句："你说的是西塘吧？"

一个初春转暖的周末，我特意去领略了这个不同于其他小桥流水人家的古镇，感受她的别样风情。

从武林门运河水上巴士码头坐船，一路向北。船离开杭州市区，越往前，你越会发现郊外的美。蔚蓝的天空飘着几许白云，偶尔能见两岸大片大片的油菜花，不时还能看到三两只水鸟在两岸杨柳上栖息，时而拍打翅膀在水面觅食，时而驻足水面，悠然自得。

大约两个小时就能到达塘栖的御碑码头。码头上岸就是著名的水北街。这里的建筑保持着旧时水乡的特色，沿街一排几乎都是木楼结构的老房子，略略低矮的二层阁楼微微向前突出，古色古香的格子窗户面向京杭大运河开着。水北街区具有塘栖特色的餐饮、小吃、土特产、手工艺品及民俗活动等。集聚了百年汇昌、梅园蜜饯、金利丝业等"塘栖老字号"。

对于我这样的一个吃货来说，水北街绝对是一个令人留恋的处所。"朱一堂""法根糕点""百年汇昌""锦良板鸭""同福永"等塘栖百年老字号和细沙羊尾、粢毛肉圆、大肉粽、枇杷花茶等特色名小吃都在这条街上，我可以慢慢地一家家地品尝，一个店一个店地听听他们的传奇。

单说那大名鼎鼎的法根糕点当年有多红，问问老杭州就知道了，往来塘栖的公交车上，总有专程到塘栖买法根糕点的杭州大妈，每人拎着七八斤十来斤的糕点，称是左邻右舍或亲戚同事让捎带的。"饿煞饼""香蕉酥""小桃酥""橘红糕""重麻酥""太子饼""枇杷梗"……足足有几十种，从口味到包装，都仿佛停留在80年代了，难怪深得大伯大妈的欢心。

塘栖街面大都沿河而建，俗称"过街楼"。为方便那些从水路而来的客商们休息，在那沿河的一面还都建有一长溜美人靠（塘栖人称这为"米床"）。那一条条河道一条条街，全都用高高低低的石桥相连，全镇共有石桥三十六爿半。最有趣的是，就连那些高高低低的石桥上，都十分讲究地搭有桥棚，使得来往的行人雨天淋不到雨水，晴天晒不到日头。这廊檐街之广、之盛，在江南水乡可以说找不出第二家，名震整个江南。有俗语称："跑过三关六码头，不及塘栖廊檐头。"怪不得，连丰子恺先生家乡桐乡石门的一句歇后语都以塘栖的廊檐街为内容，叫作"塘栖街上落雨——轮（淋）不着"。

来到塘栖，不得不说这广济桥，可以说塘栖是有了广济桥才开始繁盛的。

相传，广济桥始建于唐代宝历年间，明朝时桥毁，后于1498年复建。桥水平全长78.7米，桥面两段宽6.12米，顶宽5.2米，南北各设踏步80级，中孔跨径15.69米，矢高7.75米，其余六孔南北对称。石栏板素面，栏板两端为卷云纹抱鼓石，共有望柱63根，四角望柱上刻覆莲。广济长桥势如长虹，造型秀丽，历经500余年仍雄踞京杭大运河之上，成为历史沧桑的真实见证，连同江南的富庶、繁盛，和着桨声、船夫号子声写进了京杭大运河500年的兴旺漕运史中。

广济桥，作为运河申遗的遗产点，桥上的一砖一石，都是跨越世纪的美丽。它是塘栖古镇的中心，市镇都围着它，如今的它一手牵着古色古香的水北街，一手系着时尚新潮的水南街。"左岸历史，右岸未来"的格局在广济桥畔和谐共生，相得益彰。

如今的塘栖，早已是杭州北部的一个经济、旅游重镇，其"鱼米之乡、花果之地、丝绸之府、枇杷之乡"之美誉名冠一时。

扬州行

——看琼花

刘黎明

"故人西辞黄鹤楼，烟花三月下扬州。"可见扬州之美足能成为孟浩然西辞的主要原因。据说，隋炀帝杨广开凿运河并非是传说中去看江南美女，而是去看"烟花"——扬州市花琼花。

　　琼花是何物，能入帝王的眼睛，诗人的青睐？北上看扬州琼花就成了我自驾游扬州的初衷。为了这期待，那年春假的第一天早上，一路飞驰，脑海里尽情遐想这帝王之花是怎样的。四个小时的车程，下榻扬州宾馆不久，便直奔赏花处——瘦西湖。

　　第一次见到琼花，我便肯定刘敞所云"天下无双独此花"绝非虚言。琼花不同于其他花卉，它不能用"朵"来衡量。一簇琼花，由八朵五瓣大花围成一圈，簇拥着中间一团珍珠似的白色小花。花大如盘，洁白如玉，不由让人叹其奇特与瑰丽。星星点点的，小珍珠似的小花簇拥在中心处，挨挨挤挤，泛着淡淡黄色，柔嫩可爱。素白色的大花，重叠娇美的花型，淡雅的颜色，寥寥五瓣，显得清秀脱俗，风姿绰约。大花瓣迎风而立，玉琢冰雕；嫩黄色的小花苞绽放于风中，花苞"化茧成蝶"，变成不及小拇指大小的小白花，黄绿色的花蕊在一片白色间隔处格外显眼，衬着满树的绿叶。淡淡的香气，不及茉莉花馥郁芬芳，却有那淡然超世的沁人心脾。

　　我以为，琼花之神韵，全是因八朵小花相聚之缘故。北宋词人韩琦有诗曰："维扬一株花，四海无同类。"此诗句恰如其分写出了琼花奇特。洁白的小花，不求各自娇媚，弄舞也携手，宛如八个仙女相聚起舞，仿佛为相聚而来。琼花古称"聚八仙"的别名自然在情理之中了。在琼花前站久了，自有一种香气悄然而至，丝丝缕缕，若有若无，挥之不去，难以忘怀。

　　"千古长河一旦开，亡隋波浪九天来。锦帆未落干戈起，惆怅龙舟更不回。"

为了看琼花，当年长河已飞架成高铁，锦帆也变为汽车，昔日的帝王也成为一睹琼花的寻常客。为了看琼花，在登帝前任扬州九年总管的隋炀帝硬生生地开了一条运河。在位14年，先后三下扬州巡游看花，一直被后人诟病的"倒霉皇帝"，死后其陵园一直门前冷落车马稀。其实，隋炀帝下扬州看琼花是明清以后小说虚构的故事，他死在扬州之前，琼花还没有出现。一直过后350年左右的宋代，琼花粉墨登场。所以说，像关公不可能战胜秦琼一样，隋炀帝来扬州也不可能是为看琼花而来。说他去扬州看琼花，着实是个误会。那些虚构的故事，就是在正史不详不实的前提下，野史盛行，传说鼎沸，诗文夸张。

稔知正史的都知道，隋炀帝曾任扬州九年总管，日久生情，有浓烈的"扬州情结"，他开了运河，筑了长城，下江南铺张的背后，是不是还有更重大的政治背景和深刻的文化使命？历史也证明了这一点。明清小说的无聊杜撰只是迎合庸俗小市民的口味，把隋炀帝南巡丑化得无以复加，副作用代代相传。

这样想来，隋炀帝与琼花是没有丝毫关系的。但扬州关于隋炀帝的各种故事更激起了我的好奇。而琼花，其美艳不管是否和历史有关都一样楚楚动人，值得前往观赏留恋。

这次扬州看琼花，不单是赏花，也钩沉了一段历史。

大运河考察记之徐州

石永民

在一个阴雨的上午，我们寻访了徐州云龙山、戏马台、狮子山、龟山楚王陵，参观汉兵马俑、徐州京杭大运河桥、黄河故道、汉桥等。

徐州古称彭城，史传尧曾封彭祖于此。徐州地处南北方过渡地带，历来为兵家必争之战略要地，是著名的帝王之乡。夏禹治水时，把全国疆域分为九州，徐州即为九州之一。

大运河傍徐州城而流，全长 210 公里。徐州曾是运河漕粮的重要中转站，是南北大运河四大水次仓之一。元代王恽曾诗曰："河上南北来，势达东南领。万艘水上下，浩浩无时休。"元代实行"借黄行运"，但徐州黄河河道中有"百步洪"等激流险滩，使漕船有覆舟之患。明清两代采取避黄之策，另开中河、泇河等，以避开徐州至淮安间黄河段，保漕运安全。明永乐十三年（1415），户部在徐州设立专司漕运的分司和广运仓，每年过往徐州北上的船舶多达 12000 余艘，漕粮 400 万石以上。漕运也带动了徐州经济的发展，当时的徐州舟车塞道，贸易兴旺，豪商大贾云集。

但徐州的黄河之患仍未能根本解决。明代水灾覆没徐州以后，清初重建州城。为防再遭水淹，清政府耗资 30 万两白银，构成一道 70 里长的护城石堤，确保了徐州安全。咸丰五年（1855）黄河决口，撒下徐州河床，改道北徙入海。徐州故黄河道的水源断绝以后，河水来自地面径流和微山湖的补给，现已成为一条绿树成荫的水上风光带。我们在横跨故黄河的汉桥上照相，有人指着桥附近的水域说："这一带就是百步洪（又叫徐州洪）。"即前面提到的古代漕船过黄河时视为危途的那片水域。

我们在徐州听人说起苏东坡率众抗洪的惊心动魄的故事：苏东坡任徐州太守不久，就遭遇了几十年一遇的黄河决口，洪水暴涨，离徐州城墙顶端不到一米，随时可能灌城。危急之际，苏东坡与百姓一起，亲荷畚锸，昼夜奋战，短时间内在城墙里面再筑起了一道土堤，并与百姓一起吃、住在墙城上，日夜巡逻，加固堤防。用今天的话来说，就是率军民抗洪抢险，严防死守。两个多月以后，洪水终于退却。土堤后被徐州人称为"苏公堤"。

徐州云龙山是苏北一带的名山，山上巨石嶙峋，林壑幽美。有宋代文人张天骥养鹤所建放鹤亭，时任徐州太守的苏东坡与之善，曾作《放鹤亭记》。城南有拾级而上的戏马台，为西楚霸王项羽观赏士卒操练、赛马之处。

当日中午，雨后天晴，我们在城外的徐州京杭大运河桥上看到千吨级的大煤船队鱼贯而入，一派繁忙。

徐州汉墓、汉兵马俑、汉画像石称为"三绝"，名闻遐迩。我们慕名参观了汉画像石博物馆，该馆位于徐州市云龙湖东岸，占地1万平方米。展厅为仿汉唐式结构，收藏有珍品汉画像石800余块。汉画像石是汉代雕刻在墓室、祠堂、神阙上的石刻画，题材广泛，内容丰富，各类神话传说、历史典故、社会世俗生活等均有表现，形式分为线刻和浮雕两大类。对人物和动物的塑造，注重动态，颇有声势，反映出汉代石刻工匠很高的艺术才能。以沛县古泗水出土的阴线刻汉画像石作品"舞乐宴饮图"等最为珍贵，可谓天工神韵。

徐州狮子山楚王陵穿山凿石为室，工程浩大，令人叹为观止。墓中出土各类珍贵文物两千余件，其中陪葬的四千余件汉兵马俑既是汉代的艺术珍品，又是徐州作为军事重镇的历史见证。

徐州运河非物质文化遗产有柳琴戏、徐州梆子、徐州琴书、徐州剪纸、徐州针插香包、邳州跑竹马、邳州纸塑狮子头、邳州年画、沛县武术、沛县泥模等。

寻梦台儿庄

木木

"岸柳河桥，要平分邗水二分明月；桨声灯影，岂独让秦淮十里清歌。"

　　这，就是台儿庄古城。

　　如果说周庄是怀旧，平遥是疗伤，丽江是艳遇，那台儿庄则是梦乡。她神秘而悠远，古朴而灵动，千百年来，静静地散发着古运河的幽香，向世人展示着那绚丽多姿、别具一格的风情。

　　清晨，是台儿庄最宁静、最悠闲的时刻，漫步在古运河畔，看氤氲的雾气从运河上升起，在晨光中飘散。那流淌了千年的运河，此时安静平和，如一位刚从睡梦中苏醒的少女，薄薄的河雾是她缥缈的衣纱，弥漫着些许幽香。

　　漫步在古城的小巷内，一切都是梦境中熟悉的模样，古朴淳厚的民风带着些许世外桃源般的感觉。那种温馨和归依感就像流淌了千年的古运河，让起伏的思绪变得缱绻和安然。踩在苔痕斑驳的青石古道上，听着古道旁的蜿蜒流水潺潺作响；手触古色古香的石桥、廊坊、墩柱，不见沧桑，心境澄澈；抬头目落城墙、屋宇、青瓦、楼檐……

　　渠水牵引着脚步，低摇慢晃。太阳升起来了，静静的水声，风声，被岁月侵蚀过的木门吱吱呀呀的开启声，脚步叩响青石路面的声响，报童沿街叫卖《申报》的童声，货郎摇着拨浪鼓穿街而过，还有小贩的吆喝"冰—糖—葫芦儿"……众多的声音交织在一起，如铮琮的和弦。

　　登上步云廊桥，躲避正午的骄阳。却无意得知此桥取名"平步青云"之意，这其中似乎蕴藏着一段耐人寻味的故事。在桥边小坐，欣赏桥面上的石雕，看着游船穿桥而过，思绪万千。

　　三千里长河浩浩荡荡，数千年古道源远流长；五千年沧桑岁月，五千年雄浑浩荡。大汶口时期的土陶石镰，龙山文化的晒米土台，偪阳古城的刀光剑影，秦汉王朝的残砖碎瓦，见证着这片土地的悠久。运河避黄改道，南北漕运畅通，大运河成为南北交通大命脉。台儿庄因河而兴，成就了"天下第一庄"的辉煌。商贾云集，商号、店铺如雨后春笋；渔火点点，河道舟楫如梭，帆樯如林。

走到小巷尽头，发现千疮百孔的墙面，找到了课本中的记忆。当年就是在这片土地上，李宗仁将军带领中国军队在台儿庄城内外与侵华日军血战了数十个日日夜夜，取得了台儿庄大战的胜利。震惊中外的台儿庄大战，使这座古城"无土不沃血，无墙不饮弹"。此时，我仿佛看见中国军人挥舞大刀冲入敌阵、腰缠手榴弹扑向敌坦克，他们用血肉之躯筑起钢铁长城，捍卫民族尊严。台儿庄一战驰名海内外，台儿庄走向了世界。就像匈牙利著名战地摄影师罗伯特·卡帕写到的"历史上作为转折点的小城的名字有很多，滑铁卢、葛底斯堡、凡尔登，今天又增加了一个新的名字，台儿庄"。台儿庄，将永远铭刻在中华民族团结一致、共御外侮的爱国主义丰碑上。

夜晚的古城，更显活力。

桨声灯影，舟楫摇曳。纤夫的号子，酒家的叫卖，一河渔火，十里歌声，夜不罢市，街巷丝竹之声悠扬。随便转个身，触目之情景皆可入画。桥上桥下，左岸右岸，风景各异。大红灯笼高低错落，白墙灰瓦，霓虹璀璨。大运河水面倒映着七彩的建筑，也倒映着台儿庄的古老文化。月色下，淡淡的雾气笼罩着整个水城，静静的水面更多了一分扑朔迷离。夜渐渐深了，游人也一一散去，古城亦褪去先前的纷繁与喧嚣，恢复它一如往日的静谧。

寻梦，就在台儿庄。

追寻曾经的运河记忆

王昌卫

我在台儿庄古运河边长大，河里穿行的船，河岸上栽种的柳，都是我记忆中抹不去的风景。当然，记忆中还有许许多多和运河有关的好吃的好玩的，都是运河给我的快乐、给予我的养分。带着对运河的感恩之情，我探访了两位运河边的手艺人孙茂印、王茂群师傅。我要用心记录下沿岸的风物，把这美好的运河记忆分享给关注运河、关注运河文化的人，也算是一种报答吧。

运河面塑最好玩

说起面塑的起源，源于日常生活。我国古代很多地方在民间流传着逢年过节庆喜时用面粉做"馎馎""枣花""月糕""面鱼""面羊"的风俗，这些面食一般是作为蕴含祝福意义的食品或者祭祀的供品。这些用面做的"果实花样"既好吃，又好看，还蕴含着求吉纳福的祝愿，深受人们喜爱。慢慢地也就出现了专门捏面人的师傅，用模子或者手捏成各种人物、动物摆到街市上，沿街叫卖，那些彩色的面人儿逐渐就成了专供欣赏的民间工艺。

面塑起源的具体年代已不可考证，现存最早的古代面人，是出土于新疆吐鲁番阿斯塔那地区的唐代永徽四年（653）的面制女俑头、男俑上半身像和面猪。到了宋代，捏面人已经成为民间节令很流行的习俗。南宋孟元老《东京梦华录》中记载："寒食前一日谓之炊熟，用面造枣锢，飞燕，柳条串之，插于门楣，谓之子推燕。""以油面糖蜜造如笑靥儿，谓之果实花样。"当时面点，有"甲胄"人物、"戏曲"人物、"孩儿鸟兽"、"飞燕形状"等，可谓"奇巧百端"。每逢节日、婚嫁、喜庆、祭祀等传统民俗活动到来之际，各种造型的面塑竞相登场，增添了不少情趣。面人儿造型夸张、生动，用色明快、大方，风格粗犷、朴实、简练，而且有着鲜明的民间和地方特色。

明清时期，面塑成为艺人们最重要的谋生手段。清咸丰三年（1854），山东菏泽穆李庄做泥塑的王清源、郭湘云等人采用染色的糯米粉捏面人（当地俗称"江米人"）销售，很受欢迎。光绪年间，天津出了一位"面人张"。他早年抄录戏曲，擅长校勘，人称"百本张"，捏面人的艺术精湛，可惜其技艺在晚年失传。

我们所熟悉的近现代面塑名家，以"面人汤"汤子博（1881—1971）、"面人曹"曹仪策、"面人郎"郎绍安（1909—）最著名。汤子博的面人生动传神，曹仪策的面人精细素雅，郎绍安的面人色彩浓重。故宫博物院现在藏有清朝末代皇帝溥仪玩过的一些人物面塑，就是出自著名的面塑艺人汤子博三兄弟之手，至今仍然色彩鲜艳，技艺相当成熟。此外还有"粉人潘"潘树华以及其女婿"面人赵"赵阔明等人。

通过大运河传入台儿庄

历史上的台儿庄，水陆交通便利，是因河而兴的"水旱码头"。有几千家商铺，十几万流动人口。台儿庄运河面塑的兴起与运河漕运的发展密不可分，在泇河开挖之前，台儿庄只是名不见经传的小村庄，随着运河漕运的兴起，台儿庄在很短的时间内迅速兴起。由于其地理位置的特殊性，大量的船只滞留台儿庄，大量的外来人口聚集台儿庄，也使台儿庄的商贸出现大繁荣，特别是大量暂住商人、手艺人使台儿庄艺人也伴随着商贸应运而生。面人、糖人、砖刻、石刻脸谱、陶瓷彩绘都于这一时期在台儿庄应运而生。为什么叫运河面塑而不叫台儿庄面塑就是这个原因。

面塑技艺和内涵

面塑实际上就是"馍"，用糯米粉和面加彩后，用手指和小刀、小箅子、竹针等通过压、按、点等手法塑造出点、线、面等造型元素而形成的各种小型动物、植物、人物等形象的工艺品，制作步骤有四，分别为"一印、二捏、三镶、四滚"，缺一不可。面塑的核心技术是发面，只要掌握好发面技术，按照式样、步骤进行捏制，那么一个鲜活的面塑形象就会脱颖而出。据说面塑最传神的部分是"文的胸、武的肚、老人的背脊、美女的腰"，这也是制作人最难把握的地方。

面塑的题材非常丰富，一般会因场合不同而不同。比如，春节来临前，捏制鸡、鸭、鱼、葡萄、石榴、茄子、佛手、满堂红等，以象征万事如意、多福多寿；在"寒食"节祭祖时，捏制"蛇盘盘"，祭祖时晚辈吃掉"蛇头"，表示"灭毒头、免灾祸"；婴儿满月时，由姥姥家捏制椭圆面圈上放置精美十二属相的面塑，即为"囫囵"，寓意孩子健康成长；老人寿辰时捏制寿桃，寓意老人长寿等。除了以上题材外，面塑艺人还根据历史故事创造出《嫦娥奔月》《天女散花》《三打白骨精》《大闹天宫》《霸王别姬》等古装人物作品，正如老艺人所说："天上飞的，地下跑的，什么都能做。"捏面人所用工具很简单，小竹片、小竹签、剪子、专用木梳等，这就是全部的行头。各种颜色的面团，一经艺人抹过蜡油的手，或揉、捏、掀、搓、挑，或压、按、拨等技法，就魔术般地被赋予了生命，栩栩如生，令人叹为观止。

繁荣和凋落

明末清初，是运河面塑最繁荣的时期，那时面塑艺人游走于街头巷尾，每当逢集逢会更是集会上不可缺少的重要角色。全国各地捏面艺人基本上来自山东，艺人肩挑小木箱，手提活动小凳，木箱的插架上插着塑制好的形态各异的面塑样品，箱内的彩面用潮湿的布盖着以保持湿度。面塑所用的面料以白面和糯米面（江米面）为主，用蜂蜜调成各种色彩面。每到人口密集地，艺人便将小木箱架好，坐在小凳上，将柔软的面团材料从中拿出来，便聚精会神地现场捏塑起来。围观者觉得好看好玩好喜欢，那就掏钱买下。面塑不只是起到一种玩具的功能，更重要的是面塑具有欣赏价值。运河面塑艺术造型艳而不俗，色彩搭配协调，具有深厚运河文化底蕴，无不给人以美的享受。

直到二十世纪五六十年代，因为时代的发展，新兴的多种玩具出现，运河面塑渐渐地退出了历史舞台。现在每当逢集逢会已经很难再看到面塑艺人卖面塑了，运河面塑正渐渐从老一辈人记忆中淡化，当代年轻人很少知道面塑了。因为学习面塑需要心灵手巧，不是每个人都能学会，而且即使费时费力学会了，也很难产生经济效益，所以现在年轻人都不愿学习面塑技艺。

运河面塑的传承

面塑的传承与很多其他民间艺术一样，一般采取口传身授传承，祖辈相传，师徒相传，而没有专门的学校机构去传播。传统的面塑艺人是"只为谋生故，含泪走四方"的街头艺人，很少有系统的知识，但是不可思议的是，面塑就是在这样的普通群众手中开出美丽的花朵。那应该是一种虔诚信仰和喜庆心情的结晶！如今的面塑艺人，我们称之为民间艺术家，他们的境况是怎样的呢？

2015年经过多方询问和走访，我来到台儿庄运河面塑传承人王茂群的家里，恰巧他正在制作面人。在他的工作室里，我们看到了小木箱、手提活动小凳、木箱的插架、批刀、塑刀、小剪刀、梳子、骨簪、花纹印章等制作面塑工具。王茂群现场制作了一只动物面塑，只见他手里搓揉一团面，用小竹签灵巧地刻画，三四分钟的时间一只栩栩如生的孔雀开屏的面塑展现在我们面前，不但让我们看到了他高超的技艺，而且还让我们感受到了面塑强大的艺术魅力。面人的骨架多用一根小竹棍做成，用彩色的面团按压成片，往身上就势一裹，面人就有血有肉了。衣服有短褂长袍，裙子的带子是用两三种颜色的面丝缠绕在一起做成的。做眉眼时先用黑色面团搓成细丝，然后用竹签切下一截分别按在眉眼的位置上，之后用红色的面团搓成细丝，用竹签挑一点按到嘴的位置上，就成了红唇。头上的金钗、花朵和其他饰品，用不同颜色的面团组合搭配制成，再用竹签将其按在头部适当的位置上，最后在竹棍下做一个硬纸托，可以平稳地站立住。

王茂群说："造型生动、细致传神，是运河面塑的主要特征。"运河面塑有八仙过海人物系列、西游记人物系列、吉祥物、花草虫鱼。运河面塑，素材广泛、雅俗共赏：面塑多取材于动物、花草、人物、吉祥物及神话传说、民间故事及历史典故等，艺术含量较高，深受各界欢迎。

在20余年的卖艺生涯中，王茂群的足迹遍布鲁南、苏浙及周边等地区，他捏制面塑常常一气呵成、艳而不俗，出手快，着色富丽而不失典雅，通俗而不媚俗。因其面塑技艺独特、塑功扎实，赢得群众的喜爱，受到大家的一致好评。目前，运河面塑和全国各地面塑工艺一样，面临着传承乏人、市场低迷等危机。之前跟王茂群学习面塑的两个徒弟已经因为难学又不挣钱也转行了。虽然台儿庄文化部门采取了多种保护措施，但是由于缺乏资金投入等问题，运河面塑的传承仍然步履维艰。文化遗产是一个民族区别于其他民族的身份证。如今从事此类专业的手艺人已不多见了，面塑这种民间工艺品竟然不知不觉从人们视线中退出了历史的舞台。现在的年轻人连什么是面人或许都不知道了。

运河面塑明天更美好

随着台儿庄古城的重建，按照"大战故地、运河古城、江北水乡、时尚生活"的定位，遵循"存古、复古、创古"的理念，用民俗文化、非物质文化遗产来充实台儿庄古城内涵已经是顺理成章的事情，台儿庄古城也采取一系列优惠措施吸引艺人们的入驻，现在国家对非物质遗产传承人越来越重视，运河面塑也被列入枣庄第四批非物质项目名录之中。王茂群每逢节假日会到台儿庄古城向游客展示面塑，引起游客们广泛关注。自从2012年起台儿庄区人民政府每年都举行非物质文化遗产博览大会，至今已经成功举办四届。台儿庄区文化馆正逐步对非遗传承人生活现状进行统计上报，向上级有关部门争取加大对传承人的扶持力度，相信通过国家扶持和传承人个人的努力，运河面塑技艺一定能更加长久地传承下去。

运河陈氏糖画最好吃

糖画，顾名思义，就是以糖做成的画，它亦糖亦画，可观可食，民间俗称"倒糖人儿""倒糖饼儿"或"糖灯影儿"。分为平面糖画与立体糖画两种。它是地道的民间画种，颇具特色的街市艺术，广泛流传于巴山蜀水、大江南北、运河两岸之间，是备受年轻人喜爱的工艺食品。

陈伟生于糖画世家，自七八岁开始就随父辈学习糖画技艺，从小父亲对他要求严格，放学后别的小朋友做完作业能出去玩，可是陈伟还得跟父亲学习制作糖画。陈伟大专毕业后放弃了去单位工作的机会主动制作糖画，出售糖画，靠糖画生活。他曾经在国内大中城市表演糖画制作及销售糖画作品，后来受到台儿庄古城的邀请又回到古城。陈伟说，他的祖辈是南方人，后来随着台儿庄运河段的开通祖辈通过船流动，最后在台儿庄这个地方定居。以前古城没重建，祖辈们只能靠逢集逢会，溜乡卖艺，挣得钱虽然不多，但祖辈不辞艰苦，最终没让糖画这门手艺失传。运河陈氏糖画目前主要分布在台儿庄古城和运河两岸。陈伟希望运河糖画能把中国古文化糖画制作手工技艺发扬光大。

运河陈氏糖画，是以冰糖为材料，制作以勺子为"笔"，糖稀为"墨"，各种生动的图案造型在艺人手下跃然纸上。运河陈氏糖画的题材有戏曲人物、吉祥花果、飞禽走兽、文字等，以人物和动物的造型最为有趣。若是侧面的形象，便以线造型；若是正面的形象，则用糖料将其头部堆成浮雕状。由于糖料的流动性，即使相同的形象，亦不出现雷同的造型。民间艺人在长期实践中掌握了糖料的特性，同时根据操作的特点，在造型上多施以饱满、匀称的线条，从而形成了独有的风格样式，给人以美的享受。陈伟介绍说：糖画是民间小技艺，现在是枣庄市非物质文化遗产了。糖画，相传它是在明"糖丞相"制作技艺的基础上演化而来的。所用的工具仅一勺一铲，糖料一般是红、白糖加上少许饴糖放在炉子上用文火熬制，熬到可以牵丝时即可用来浇铸造型了。在绘制造型时，用小汤勺舀起溶化了的糖汁，在石板上飞快地来回浇铸，画出造型。陈氏糖画是他的祖辈在清中期的时候偶然间学会的，代代相传，流传到他这一辈，已经是第七代了。很久之前其祖辈们是在船上沿着运河做生意的，后来就固定在台儿庄这里。现在糖画的材料经过了改良，主要是由麦芽糖、蜂蜜和果酱熬制而成，具有润肺化痰的功效，小朋友们喜爱的同时，家长们也能更放心。其实做糖画很辛苦，除了要掌握好熬糖技巧、画糖的功底，还要承受风吹日晒以及下雨天的潮湿天气致使糖化的种种影响。有时候熬糖的温度高，糖液四溅会把手臂、手背烫伤。说到这，陈伟伸出手臂，我看到了他手上曾被糖液溅伤过的疤痕。陈伟说："我曾一度想要放弃制作糖画，但想到小朋友们看到糖画脸上流露出来的喜悦，还有 80 后甚至年龄更大的朋友们说的'童年'，我还是很开心继承了这门手艺。为了适应时代的发展，我进行了创新，制作了喜羊羊、灰太狼、阿童木、光头强、熊大、熊二等系列卡通人物糖画。前一段时间，十一届全国人大常委会委员长、党组书记吴邦国来古城观看了我的糖画表演，对我的糖画表演竖起来大拇指，并说年轻人干这个很不错……临走还和我握了握手。我想，在全国这么多糖画艺人中，我是幸运的，这更加坚定了我把这门手艺传承下去并发扬光大的信心。现在国家有相关政策，古城领导又很关心，我们运河陈氏糖画已经是市级非物质文化遗产，我们还要继续申报省级的、国家级的非物质文化遗产。所以在糖画技术上，我要紧跟时代的步伐，绘制出更多精美的图案，在发展上要克服糖画本身的易化易碎的弊端，要把糖画这门手艺保护起来，更要发展起来。"

听了陈伟的一席话，我仿佛看到了非物质文化遗产——糖画的传承、发展和未来。

大运河考察记之临清

石永民

因京杭大运河而兴的临清市，是山东的北大门。

临清街巷牌子上有竹竿巷街、箍桶巷街、锅市街等名称。可见临清漕运兴盛时商业之繁荣、手工业之发达。临清运河文化古迹众多，有鳌头矶、清真寺、舍利塔、运河钞关等，是昔日临清繁华的见证。临清著名的土特产品有枣脯、千张袄、酱菜、哈达、狮猫等。临清运河非物质文化遗产有临清贡砖烧制技艺、临清驾鼓、临清肘捶、山东快书、临清时调、高跷、云龙会等。

临清之名始见于后赵，因其临近清河（卫河）而得名。临清位于运河、卫河、漳河的汇合处，是南北交汇的咽喉。元代，会通河开凿后，临清由偏僻小邑成为贯穿南北的要冲之地，迅速崛起。明清两代，临清凭借大运河漕运之盛，曾有过数百年的繁华，成为当时"富庶甲齐郡"的商业市镇。人称"南有苏杭，北有临张"。永乐十三年（1415），会通河疏浚以后，漕粮悉由大运河经淮安、济宁、临清运往京、通二地。明朝政府又在此扩建粮仓，建立钞关，使临清政治地位大大提升，成为"咽喉扼要之地，舟车水路之冲"，街市绵亘数十里的重要商埠。

明万历年间，临清"北起塔湾、南至头闸，绵亘数十里，市肆栉比"，成为北方地区最大的商业名城。街巷多以传统工商业为名，如马市街、盐市街、锅市街、牛市口等，有"小天津卫"之称。商贸的兴旺促进了关税额的增长。当时，临清钞关的关税额由原来的四万两增加至八万余两，居全国八大钞关之首。临清还是明代北京宫廷建筑和陵寝建筑的砖瓦烧造中心。万历时设营缮分司于临清，"岁征城砖百万"。乾隆四十一年（1776）临清升为直隶州，成为运河北部的经济中心，人口近百万，俨然一大商业都会。咸丰之后，运河阻塞，商业大受影响，临清因此而衰落。

我们考察了临清鳌头矶。鳌头矶位于元代运河与明代运河的分岔处，有一座明代北方地区典型的木结构建筑群，现为全国重点文物保护单位。鳌头矶内设临清市古砖陈列馆，对外展示明清两代临清烧制的皇家贡砖。据史料记载，当时临清沿卫河与会通河两岸有砖窑380多座，工匠数十万人，年生产贡砖1000多万块。其质量"不成不蚀，断之无孔"，享誉海内，贡砖由黄纸包着，通过运河运抵京师。可以说临清贡砖塑起了北京皇城的宏伟建筑。我们与古砖陈列馆负责接待的同志就征集贡砖事宜进行了联系，该同志很热心地打电话汇报后反馈我们说贡砖等文物出省，要行文报告山东省文物管理部门审批。我们除感谢外，还表示此事需回去汇报后酌处。在征得古砖陈列馆领导同意后，我们小心翼翼地将每块48斤重的贡砖及制砖的木模等一一从展架上搬到门亮处拍照，忙得出汗。

翌日上午，恰逢雾锁临清，能见度不足十米。运河畔朦朦胧胧，赶到临清运河大堤上的张窑考察时，遇一张姓村民，自称祖上是专为皇家烧砖的窑户，曾有朝廷颁发的"匠籍"。该村民从家中拿出一块明代大贡砖，砖上刻有"明成化七年制"铭文，且敲之有声，说明品质很好。我们向其谈起捐赠该贡砖作为运河博物馆文物展示品时，该村民开口是一辆农用后三轮摩托车的价格。该价格与一般博物馆捐赠后的表彰奖励金额过于悬殊，只得作罢。从张窑出来，我们去看了临清塔和钞关。

临清舍利宝塔位于临清城北，卫运河东岸。塔身通体基本垂直，塔顶呈盔形，巍峨壮观。宝塔始建于明万历三十九年（1611），为仿木结构楼阁式砖塔。塔高61米，塔身八面九级，每面长4.9米。南面壁门，门楣上镌刻"舍利宝塔"，为明万历进士，按察使郡人王成德题。塔内可旋转迂回登临塔顶。临顶层极目远眺，运河如带，倍觉心旷神怡。临清舍利宝塔是全国重点文物保护单位，它与通州的燃灯塔、杭州的六和塔、扬州的文峰塔并称"运河四大名塔"。

运河钞关位于临清市后关街，说是街其实是一条巷，钞关大门以城墙关口为造型，六角型的窗框厚重古朴，颇有几分皇家威严。临清钞关始建于明宣德四年

（1429），是明、清两代政府派驻临清督理漕运税收的直属机构，居全国漕运八大钞关之首，占全国税收的四分之一。目前保存完好的临清钞关遗址有：关署、仪门、正堂、穿厅舍房等80余间，为全国重点文物保护单位。我们在钞关庭园内看到唐代吴道子画关羽像石刻碑刻一块，人物造型生动，线条流畅，乃艺术珍品，均拍了照片。据史料记载，因黄河决口、泥沙淤积等原因，如今从临清到张秋间的运河河道大部分已淤为平陆。

洮河徙汶河支流明时
改为水口於南旺而汶
已不得通洮矣惟宵阳
境曰潴蛇眼等泉之水

鸟场湖在滋宵州运河东岸
周围四十里三分泗河之水
由金水坝黑风口會府洮之
水入湖潴蓄定志状水五尺
五六寸由十里安居二十
门及白睛单闸宣洩济运

蜀山湖在汶上县南旺以
南周围六十五里山水定
斗门並永安永太二空桥
永安永太向像牛门四年
三年高等秦阪事払汶
水定志一大〔尺由利运金
像二单闸宣洩济运

运河漫步

大长湖　玉皇庙　白睛　十家河　傳家单闸　上也湖单闸　下单闸

通济闸　卓闸　二里斗门　安居斗门　安居　水道闸　曹闸

鱼皇山　玉山　钟嘉汛河道长四十一里

衔此汛河道长十八里　衔此平陡牟　十里铺　济宵州判署　曹单桥　钟嘉立簿　淮安六铺　济宵州　安居斗门

嘉祥县

钜野县

天堂流过一条河

黄玲

大运河，生生不息，从北京、从历史的深处流来，流经天堂，流向大海，流往未知的未来。那斑驳的大船里装满了故事，那汤汤的河水中盛满了诗篇……如果说，大运河是一条黄金水道，我更愿意说，她，是一条文化长河。

大运河，肇始于春秋，形成于隋代，发展于唐宋，取直于元代，繁荣于明清，源远流长，贯通南北，连接五大水系，是世界上里程最长、工程最大、最古老的运河之一，在古老的华夏大地上，她与长城一撇一捺，共同组成了巨大的汉字"人"，成为中华民族文化地位身份的象征。

两千多年前，不论是为了争霸中原而开凿邗沟的吴王夫差，还是相传为了到扬州看琼花而征发百万民工沟通运河以致亡国的隋炀帝，当时一定想不到，因为运河的开发和南北大贯通，运河流域的社会经济文化达到了前所未有的兴盛与繁荣，运河流域因此成为人才荟萃之地，文风昌盛之区。大运河给予后世的舟楫之便、文化之盛、经济之利竟是如此难以道尽……

大运河是杭州的生发之河。杭州之名，由河而生；杭州城池，依河而建；江南名郡，借河而扬；两朝都会，因河而定；人间天堂，靠河而孕。大运河，是人间天堂里流过的一条河。

"在这里说到'荡漾'的时候，我眼前出现的，是一条水色渺渺的千年大运河。我现在的站立之处，便是千年京杭大运河的起点，或者说是终点；也就是说，这里是精彩的龙头，或者说是锦绣的龙尾。不管是龙头还是龙尾，那都是一条大河的最为灵动之处。这个流域的行政地名，叫作浙江省杭州市拱墅区。"黄亚洲先生在《运河文化看拱墅》一文中这样说道。

拱墅区位于京杭大运河最南端，运河在拱墅穿境而过，蜿蜒12公里，是杭州段运河古迹保存最完整、底蕴最深厚、资源最丰富的一段，同时，拱墅也是最富有运河风韵和文化情怀的城区。近年来，拱墅区积极打造运河文化名区，全力建设运河文化带，大力传承和弘扬运河文化、非物质文化、市井文化、产业文化、生态文化。建成开放中国京杭大运河博物馆等 5 大国家级博物馆，保护修缮小河直街等 3 大历史文化街区，恢复重建了战国墓遗址等 23 处文化遗存，编撰出版了《运河南端草根谭》等运河文化系列丛书 20 余册，成立了运河文化公益促进会，创办了大运河文化沙龙，300 多支文体团队常年丝竹齐鸣，越来越多的文化名人和文化志愿者活跃在运河两岸，大运河文化节、运河文化四季歌等文化品牌活动享誉全国……

　　2014 年 6 月，大运河列入世界文化遗产；11 月，李克强总理来到拱宸桥段考察；2016 年 9 月，G20 峰会将在杭州召开。于是，《运河·南端》这本刊物应运而生，我们期待通过这本刊物，告诉世界运河的前世今生，让世界听见运河的声音，让世界看见运河的精彩，让世界遇见运河的风情……

『枕水人家』运河情

王水法

如果把长城比作中华民族的一根脊梁骨，那么大运河便是神州大地的一条大动脉。它流淌的是生命之水，承载的是梦想之舟，寄托的是精神归宿，象征的是母亲之河。在大运河成功列入《世界遗产名录》之后，我为此创作了一首歌：有一条古老而神奇的长河，那是我们的祖先用双手开拓，蜿蜒南北千里水，浇灌东西万顷禾，大地是母亲宽广的胸怀，河水像乳汁深情地流，天下粮仓，恩泽神州，传唱着生生不息的歌……

杭州作为京杭大运河的最南端，是一座典型的因河而生，因河而兴，因河而名的城市。运河水系与市河水网巧妙相连，融为一体，衍生出独特的依河而居、枕水而眠的运河文化。这种"一水穿城过，两岸百业兴"的城河格局，让世世代代生活于此的"运河人家"与千年古运河结下了深深的恋河情结。

如今的小河直街，商铺林立，顾客盈门，游人如织，重现昔日滨水商街的繁华景象；桥西街区入驻了方回春堂、杏林国手、天禄堂、名医馆，那种"望闻问切"的画面，构成了江南水乡的又一道靓丽风景线；大兜路上的茶餐会所、私房菜馆、风味小吃，清香迷人，撩人占席，为"吃货"们平添了几分惬意。

漫步运河岸边，或乘坐艚舫之中，不经意地穿越时空，触摸历史，感受文化，即使是一尊雕塑，一个小品，一棵古树，一盏明灯，一朵小花，每每都有一串美丽的故事，一组时代的信息，一幕惊喜的感动，永远驻留在人们的心灵深处。若捧一本《运河·南端》杂志在手，那定会帮助我们对博大精深的运河文化有更深更透的解读，从而更激发起人们对运河的眷恋和与杭州这座城市幸福地相拥相守的热情。

运河发展

大运河文化旅游发展路径探索
——以大运河（拱墅段）为例

周佳

大运河是具有 2500 多年历史，是流动着的活态文化遗产，融汇了漕运文化、水利文化、船舶文化、经济文化、民俗文化、饮食文化等，文化遗产资源丰富。大运河沿线运河故道、水工遗存数量众多，列入世界遗产项目的就达 85 处，拥有国家级非物质文化遗产 450 多项，是名副其实的历史长河、人文之河。丰富的物质资源和文化资源，是大运河文化旅游的基石。2014 年 6 月 22 日，中国大运河成功列入《世界遗产名录》，2017 年以来，习近平总书记先后两次对大运河历史文化保护传承、大运河文化带建设做出重要批示，强调要统筹保护好、传承好、利用好大运河历史文化资源，为推进大运河文化带建设指明了方向。2019 年 2 月，中办、国办发《大运河文化保护传承利用规划纲要》出台，提出要把大运河打造成"享誉中外的缤纷旅游带"。又恰逢文化和旅游部门融合，这些都给大运河文化旅游带来了新的发展机遇。

一、大运河（拱墅段）文化旅游发展优势和实践

1. 大运河（拱墅段）的水系条件

拱墅区位于京杭大运河的最南端，大运河（拱墅段）由 12 公里的大运河杭州塘南段和 14.5 公里的上塘河两条遗产河道组成。境内杭州塘与上塘河、西塘河、余杭塘河、胜利河、小河等 62 条河道，总长约 117 公里，纵横交错，构成四通八达的内河航运网络。拱墅区域内历史河道众多，其中杭州塘南段于 1247 年开浚，1359 年成为运河主航道。上塘河历史最为悠久，为秦开陵水故道，旧称运河、夹塘河、浙西运河、长河，在元末张士诚拓浚塘栖武林头至江涨桥运河河道前，上塘河一直作为江南运河杭州段的主要通道。余杭塘河，古称运粮河，又名"官塘河"，曾经是运河航运系统中最重要的货运通道之一。小河，是宋之市河。西

塘河历史可追溯至宋，也称为宦塘河。众多历史河道造就了运河两岸独具特色的经济文化。

2. 大运河（拱墅段）文化旅游资源

拱墅就是南北水陆交通要道和繁华商埠。至南宋时成为各路商家的货物集散地，成了名扬天下的"东南财赋之乡"。明清时造就了蜚声海内外的"十里银湖墅"与"湖墅八景"。经过多年的保护与整治，大运河拱墅段已形成了一条以大运河自然生态景观为中轴线，历史街区、遗产遗迹、博物馆群、文化园区、绿地公园等为点的水上旅游黄金线和文化休闲体验长廊，成为杭州段运河古迹保存最完整、底蕴最深厚、资源最丰富的一段。有桥西历史文化街区、小河历史文化街区和大兜路历史文化街区三大街区；中国京杭大运河博物馆、中国伞博物馆、中国扇博物馆、中国刀剪剑博物馆、手工艺活态馆和杭州工艺美术博物馆博物馆群，拥有"中国大运河"这一世界文化遗产和"半山立夏"人类非物质文化遗产，有杭州塘、上塘河两条遗产河道，富义仓、桥西历史街区、拱宸桥三个世界遗产点，沿大运河还有省级重点文物保护单位香积寺石塔，市级文物保护单位祥符桥、洋关、高家花园等 23 个国家级、省、市级文保单位（点），以及杭钢、杭一棉、浙麻等一批丰厚的工业遗存，杭州塘及上塘河畔还有半山国家森林公园。拱墅区依托丰富的历史文化资源，推出了拱墅新八景，即：拱宸迎月、香积塔影、富义天华、桥西博古、小河拾梦、望宸揽胜、虎山映翠和半山云香，成为大运河（拱墅段）特色文化旅游点。

大运河拱墅段运河文化活动丰富多彩。有大运河文化节、大运河庙会、大运河婚典、大运河美食节、新年"走运"，运河元宵灯会、"运河之春"民俗文化体验周、半山立夏民俗活动等，已成为拱墅区运河文化品牌的一部分。

3. 大运河（拱墅段）文化旅游实践

大运河（拱墅段）的文化旅游，目前有三种主要形式，一是运河水上文化旅游项目，二是运河遗存旅游项目，三是运河衍生文化旅游项目。

运河水上文化旅游主要依托运河水上巴士、漕舫船。2004年10月28日，杭州运河"水上巴士"正式开通，成为全国第一个在市区运河开通水上交通巴士的城市，且贯通了京杭大运河、上塘河、余杭塘河等河道，广受本地市民和外地游客的好评。随后，杭州又推出了乘坐效果更佳的漕舫船，被称为杭州的贡多拉。近几年，不断推出载客量更大、舒适度更高、游览线路更长的游船，2018年推出了拱宸邀月号等大型游船，容纳人数多，舒适度更高，观景效果更强，使水上旅游线路从运河拓展到钱塘江、余杭塘栖、西溪湿地等。另外，还推出了运河夜游水上旅游线路，给游客增加了更多的选择。目前，大运河杭州段建有码头、集散中心17座，水上观光线路8条，杭州已有60多艘船投入运河巴士和旅游，其中有10多艘专门用于观光游，水上旅游平均年接待游客达10万人次，年游客收入达1500万元。

运河遗存旅游项目主要依托大运河沿线的历史文化街区、运河遗存、博物馆群落、创意园区、沿河主题公园、宸运绿道等旅游资源世界遗产点，与运河水上巴士、漕舫船等相结合，串联成一条水陆旅游线路。比如拱宸桥—桥西历史街区—富义仓—香积寺这一条水陆相结合的旅游线路，已成为大运河拱墅段的经典运河游线。

运河衍生旅游项目主要指依托运河及沿河运河遗存开展的文化体育、非遗民俗等活动，如举办运河龙舟赛、运河皮划艇赛等水上竞技项目，开展运河元宵灯会、新年运河健走、大运河文化节、大运河戏曲节、大运河婚俗节、大运河庙会、大运河美食节、半山立夏节等活动。据统计，大运河杭州段景区每年吸引游客人数在300万人次以上。

二、大运河（拱墅段）文化旅游发展机遇

随着大运河申遗成功，大运河在国内外的关注度和影响力与日俱增。在G20杭州峰会期间，专门开辟了一条国际新闻媒体大运河采风线路，广受中外游客好评，随着2022年亚运会的举办，大运河拱墅段将逐步向国际化迈进，运河旅游业也将得到进一步发展。2019年2月，中办、国办发《大运河文化保护传承利用规划纲要》出台，提出要打造大运河缤纷旅游带，打造大运河文化旅游精品线路，统一培育的"千年运河"文化旅游品牌，把大运河打造成设施完备、服务优良、特色突出、效益良好、示范带动力强的"多彩运河"。2019年刚好也是大运河申遗成功五周年，全国范围内迎来了保护利用传承大运河的又一个高潮。另外，文化和旅游部门融合发展，也为大运河旅游品质提升，文化挖掘、产业创新带来了前所未有的机遇。

对于大运河（拱墅段）文化旅游发展而言，在全国大运河文化带建设的大背景下，还有三个区域性的历史机遇：一是大运河景区创建5A级景区；二是杭州大城北规划建设；三是京杭大运河二通道的建设。

大运河杭州景区南起中北桥，北至石祥路，全长13公里，大部分位于拱墅区范围内，在2012年已评定为国家4A级景区，目前正在创建国家5A级景区。随着大运河5A级景区的创建，将进一步提升大运河文化旅游的品质，包括整体空间的规划、运河水质的改善、两岸环境的提升、水陆游线的优化，旅游资源的挖掘，旅游设施的提升，高新科技的运用，等等，整个大运河景区旅游环境、游览项目、旅游设施、旅游服务等都将得到大大提高。

2018—2020年，杭州市开展大城北地区规划建设。京杭大运河穿大城北而过，大城北范围南至德胜路、北至绕城高速、西至西湖区行政边界、东至沪杭铁路，涉及上城、下城、江干、拱墅、余杭五个行政区，总面积达135.5平方公里，其中拱墅区约占67平方公里。以京杭大运河为主轴，大运河（拱墅段）石祥路以

北段沿运河释放了近 80 平方公里的空间，将得到重新规划建设。大城北保留有杭钢、热电厂、码头等大量工业遗存，有祥符历史街区等文化资源，还有上塘河、杭钢河、热电厂河等河道通达的半山国家森林公园。另外，随着杭州三纵两横河道全面改造和整治，杭州塘、上塘河、西塘河、杭钢河和热电厂河河道本体和沿岸区域将进一步提升。位于大城北中的大运河新城核心区，将打造 18 公里山水景观环链，由 8 公里大运河国际文化走廊、4 公里电厂河生态休闲带、4 公里杭钢河商业文化带和 2 公里杭钢湖工业会展带组成。通过合理规划，高质量建设，届时将会增加一大批全新的大运河文化旅游资源。

京杭大运河二通道于 2018 年 6 月动工，北起余杭区运河街道东新村，南至八堡与钱塘江沟通，总投入 165 亿元，全长 26.4 公里，计划于 2022 年 6 月通航。运河二通道建设使得大运河拱墅段的航运功能形态得以转变，二通道通航后，杭州运河城区段 70% 货运机能得到转移，将进一步弱化京杭大运河现用航道的航运功能，强化大运河作为城市发展轴的生态、文化、旅游、休闲、商贸、居住功能。大运河拱墅段的文化旅游休闲和生态景观坏境将进一步提升，运河旅游休闲空间潜能将得到充分释放。

三、大运河（拱墅段）文化旅游开发存在的问题

一是大运河文化旅游开发主体不明确，整体规划有待加强，可利用政府 + 企业模式，大运河保护传承利用由政府部门牵头，出台相关政策，进行统筹规划，统一管理，利用企业来具体经营大运河文化旅游产业。二是大运河文化旅游没有形成统一品牌，品牌效应不强，且缺少脍炙人口，易于宣传的旅游口号。三是大运河文化旅游产品单一，缺少个性化旅游路线，游客可选择性少，个性化、目的性旅游定制线路少。四是大运河文化旅游产品以观光型为主，参与式体验性旅游产品不多，导致游客走马观花，景区很难吸引游客做长时间停留，不利于带动大

运河景区的各项产业发展。五是大运河文化旅游路线的文化内涵挖掘力度有待加强。旅游产品仅停留在产品表面，要深入挖掘大运河文化，在旅游产品中植入大运河千年来漕运、水利、经济、政治、文化等方面的内涵，让游客在看之有所悟，购之有所得。六是大运河文化旅游配套设施有待进一步完善，包括旅游基础硬件设施和旅游服务等软件设施都需进一步提升。七是数字化旅游还没有得到普及。在高科技技术日新月异的今天，人们的生活已离不开网络。随着5G时代的到来，需更迫切地做到景区免费网络全覆盖，同时开发手机等电子设备的旅游辅助功能，实现全域数字化旅游。八是大运河文化旅游缺少深度宣传。很多国内外游客来杭州只知西湖，不知大运河景区在何处，更不知有何可游？"酒香也怕巷子深"，需要通过各种渠道广做宣传。

四、大运河（拱墅段）文化旅游发展路径探索

1. 打造大运河（拱墅段）文化旅游品牌

国家《大运河保护传承利用规划纲要》中指出，要塑造统一的"千年运河"文化旅游品牌，构建享誉中外的缤纷旅游带，彰显大运河文化神韵，塑造大运河文化形象，展示大运河文化名片。在"千年运河"统一品牌下，大运河（拱墅段）根据其在京杭大运河中独特的地理位置，可以打造"京杭大运河南端"（简称"运河南端"）这一品牌。京杭大运河北起北京白浮泉，南至杭州拱宸桥，拱宸桥是京杭大运河南端的标志，也是拱墅区域内的世界遗产点之一，极具代表性。另外，也可与杭州西湖文化景观、良渚古城遗址一起合力打造三大世界遗产品牌。

2. 开发大运河（拱墅段）文化特色旅游线路

依托大运河（拱墅段）沿岸的遗产点、历史文化街区、工业遗产、博物馆群、主题公园等，根据特色不同，打造大运河观光游、体验游等旅游线路，也可以将两者穿插组合成数条综合旅游线路。

（1）观光游

观光游主要依托大运河本体和运河整治后的风貌、运河两岸的历史文化遗存点展开。主要有大运河世界遗产游、水陆旅游巴士游、运河夜游等形式。杭州市自 2006 年起，连续七年对大运河杭州段进行综合整治，改善运河水质，提升沿河环境，挖掘运河遗存，已成为一条独特韵味，别样精彩的运河文化风情线。可以依托漕舫船或者水上巴士，以水陆串联的形式，把大运河与岸上的遗产点、历史街区、历史遗存、桥梁、码头串联起来，打造大运河世界遗产一日游线路。除此之外，夜游运河也是很好的观光体验，欣赏由世界级灯光大师罗杰·纳博尼设计的顶级运河灯光秀，运河两岸灯光璀璨，与杭城夜景交相辉映，极为赏心悦目。

现今运河旅游路线相对还比较少，尤其是陆上观光巴士游还没开通。开通沿大运河水陆两种旅游巴士专线，游客可以乘坐巴士沿大运河观赏整条运河风貌。可采用西湖边旅游巴士的模式，开辟多条旅游巴士，沿运河两岸行驶，串联各遗产点、历史文化街区和特色旅游点。目前已开发了大运河到吴山广场的大运河假口公交专线，接下来还可以拓展延伸至杭州的西湖、西溪及周边商贸区，把吃住行游购娱通过大运河旅游专线串联起来。同时，延伸水上旅游路线，比如开发运河—半山游线。通过把杭州塘、杭钢河、上塘河等河道贯通成一条水上旅游线路，把大运河新城区域和主城区各旅游点通过水上线路贯通起来。

（2）体验游

大运河体验游主要依托大运河衍生的民俗文化、非遗项目、产业等展开，重点在游客的参与度。根据现有的资源，可打造大运河民俗（非遗）文化之旅，大运河工业文化之旅，大运河研学之旅，大运河水上休闲体验，大运河船民体验之旅等特色体验路线，从多种维度满足不同游客的定制需求。

大运河民俗（非遗）文化之旅。大运河边遗留的风俗民情较多，可分为时序类、乐善类、农事类、礼仪类、饮食类等，有大运河渔民习俗、大运河交通习俗、大运河婚俗、水神信仰习俗等，大运河沿线还拥有大量的非物质文化遗产，它们和"非遗"传承人一同承载着运河文化的"基因"，都是大运河民俗（非遗）文化体验旅游内容。如运河四季民俗游，可以根据民俗活动的举办时间，推出民俗（非遗）游线路，如在每年春天沿上塘河赴皋亭观桃；立夏赴半山参加立夏节活动；秋天逛大运河庙会；冬天赏运河元宵灯会。

以上塘河民俗旅游路线开发为例，上塘河为秦开陵水故道，后一直作为江南运河组成部分通航。上塘河连接了京杭大运河与半山，自南宋以来，人们便有乘坐小船沿上塘河前往半山娘娘庙烧香祈福，去皋亭观桃的习俗。清嘉庆年间，阮元担任浙江巡抚时，就曾坐船沿上塘河前往皋亭山观桃花，他还写了一首《戊午春日邀同人游皋亭山看桃花》诗，其中开头就写道："皋亭山下多春风，千树万树桃花红。"1800年，农历三月初三，阮元召集文人雅士同游半山，在他的倡导下，效仿晋代兰亭修禊，举办了一场由清代文人雅士参加的雅集，这便是皋亭修禊，为大运河边增添了一项高雅的风俗活动。"西湖赏月、皋亭观桃"是杭州人自古以来的传统习惯，半山立夏节是人类非物质文化遗产项目，每年的立夏习俗活动吸引了众多国内外游客的参与。如此，依托半山旅游资源，可将沿上塘河前往皋亭观桃，游半山国家森林公园，登望宸阁俯瞰杭城，参加皋亭修禊活动，购半山泥猫（浙江省非物质文化遗产代表性项目），开发成一条民俗文化体验游。

大运河文化艺术之旅。随着大运河的开通，南北戏曲、歌舞杂艺、竞技游戏通过大运河在杭州汇集交融，也衍生了多姿多彩的地域特色文化，京剧、越剧、小热昏、浙派古琴等艺术，结合大运河戏曲节、大运河文化节、大运河庙会等活动，依托大运河边的荣华戏园、老开心茶馆等场所，将大运河积淀千年的文化艺术展现于众，让游客在游览自然景观的同时，欣赏大运河衍生而来的地方艺术。

大运河工业（创意）文化之旅。拱墅曾是老城区、老工业区和城乡接合区，曾经40个村与1500余家企业纵横交错。杭州塘、西塘河沿岸有通益公纱厂、杭丝联、浙麻、大河造船厂、杭钢、华丰造纸厂等大量工业遗存。很多工业遗存在退出了工业生产这个历史舞台后，华丽转变成文化创意产业园，原杭州丝绸印染联合厂的旧厂房改造成"丝联166"创意产业园区，杭州港航船舶修理厂改造成浙窑创意园区，还有运河天地、富义仓、LOFT49等，都成为展现大运河新兴文化产业的基地。通过杭州塘、西塘河等历史河道，将这些工业遗存保留点、文创园区串联成一条工业（创意）文化特色旅游线路，在回味百年工业历史之余，体味文创产业带来的新思路、新发展。

大运河研学之旅。研学游主要有运河文化发现之旅、博物馆探索之旅、传统手工技艺传承之旅。大运河拱墅段集聚了中国京杭大运河博物馆、中国扇博物馆、中国刀剪剑博物馆、中国伞博物馆，中国工艺美术博物馆，杭州手工艺活态馆、桥西历史文化陈列馆等众多博物馆，和大运河沿岸的历史遗存、世界遗产点一起，形成了一个集中展示大运河历史文化的"没有围墙的博物馆"。此条旅游路线适合亲子游，家长与孩子共同来探索运河，体验非遗项目，参与手工艺制作，体会传统手工艺的魅力。

大运河水上动感之旅，根据河道特色开发多种水上休闲、水上运动项目。在适合的河道开发运河自划船、电动船，皮划艇、龙舟、竹筏等水上运动设施供游客体验，如水质条件好、货运功能消失的西塘河、小河、上塘河等部分河道。等到大运河的水质提升到一定程度，还可以开发更多亲水类的运动项目。

大运河船民体验之旅。深入挖掘运河漕运文化和船民文化，打造"水上人家一日体验游"，在船上体验船民出行前祭祀、祈福、婚嫁、节庆等习俗，也可参与捕鱼、做饭等水上人家生活，还可以夜宿客船，体会一把运河船民生活。

大运河长途之旅。民国年间，大运河上开辟有多条长途航线，客船可从杭州直达苏州、湖州、南浔、嘉兴等地，后因现代交通工具发展而逐渐被取代，现代很难体会夜间在船舱里听运河水流声，睡一觉就从苏州到杭州的场景。开通长途水上旅游线路，如杭州到苏州、杭州到乌镇、杭州到绍兴、杭州到宁波等，既能使游客重温历史，增加旅游新鲜感，也为游客提供了一种慢生活的旅游兼出行方式。

3. 完善大运河（拱墅段）文化旅游配套设施和服务

旅游配套设施是为一切为旅游业服务的相关设施，除起码的基础设施外，主要指旅游接待设施（包括停车场、酒店、饭店等）、旅游购物设施、娱乐设施、医疗救护设施等。

（1）完善旅游基础配套设施

根据游客需求，分为吃、住、行、游、购、娱六个要素。吃出特色、住得舒适、出行便利、游得畅快、购得满意、玩得尽兴。

吃，利用大兜路历史文化街区和胜利河美食街等，打造大运河美食一条街。挖掘本土特色的饮食文化，发挥传统小吃的地域文化魅力，在饮食中传承非物质文化遗产，使之成为大运河文化的组成部分。同时也要加强对食品安全的监管，让游客吃得放心。

住，打造大运河特色民宿和主题宾馆，除建设星级酒店外，利用大运河边的老厂房、仓库等工业遗产，打造特色度假酒店。或在历史文化街区，如小河直街历史文化街区，开发枕河而居的民宿群，打造安静、舒适、休闲的慢生活居处，枕河听风，享受大城市中的片刻宁静。或可推出船上旅馆，主打运河人家的生活，体验船民水上别样生活。

行，水上旅游必须与陆上景点、旅游基础设施、服务设施相融合，才能发挥水上旅游的特色和作用。首先要制作详细的景区导视牌和电子导览系统，方便游客快捷进出大运河景区。其次在大运河沿线建设数个旅游集散码头和旅游集散中心，做到私家车、公交、水上巴士、自行车等无缝衔接。大运河旅游集散中心要集停车场、公交站、水上游船码头、车辆租赁、购物、休闲、餐饮于一体，满足游客多种需求。再次建设好沿河步行道、骑行道、车行道，满足游客不同的出行要求。从次开通水陆大运河旅游专线，在节假日加密专线车次，减少游客等待时间；投放公共自行车、共享单车或者其他景区专用租赁车，推出亲子骑行车型，还可推出人力车，增加游客的体验选择。最后要加强其他旅游配套设施，如公共卫生间、直饮水设施、游客休息室等的建设，合理布局，力争做到全景区覆盖。

游，要建设水清、岸绿、景美、人和的大运河景区。发展大运河旅游，首先要保护大运河，在保护的基础上合理开发旅游项目，旅游项目以自然和人文景观为主，改善大运河的水质，净化水体，美化两岸环境，还游客一条水清岸绿的景观河。其次要增加景点的文化内涵，增加知识性和人文性，让游客体会到千年大运河特有的历史文化底蕴。再次要加强体验性、参与性，增加体验性游乐设施。

购，杭州旅游纪念品很多，有丝绸、西湖绸伞、王星记扇子、西湖龙井等等，但目前能代表大运河杭州段的旅游产品还没有，只有部分运河文创产品，但也没有得到推广。因此首先要继续大力发展大运河文创产品。可依托杭州的特色旅游产品，在其中植入大运河文化，开发成独具运河韵味的旅游纪念品。比如以运河为题材的运河丝绸画、丝巾、服饰；以运河景观画和运河民俗画为题材作为扇面的王星记扇子、西湖绸扇等；与化妆品品牌合作，设计大运河主题包装的化妆品等等。其次可开发运河代表性的旅游纪念品，比如以大运河上的船为主体，从古到今，大运河上的船、桥、楼阁形态各异、造型别致，是很好的设计素材，也可让游客自己动手制作。再次可设计大运河题材的数字产品、明信片、邮票、书籍、笔记本等。最后可开发运河特色的食品和滋补品，满足不同游客的需求。

娱，杭州西湖有"印象西湖"，大运河作为世界遗产，除了打造各条大运河特色旅游线路外，还应该开发一台属于大运河的演出，并逐步打造成运河旅游的品牌项目之一。采用水陆实景演出或剧院演出形式，依托大运河千年的历史文化底蕴，真实演绎大运河从开凿、变迁、湮灭、新生这一历程，展现大运河在政治、经济、文化、水利、军事等方面的功能，讲述漕运故事、船民故事等。也可利用大运河宽阔的水域，利用夜间灯光效果，打造一个大运河水幕电影院，播放大运河宣传短片、大运河纪录片等，通过艺术手段和高科技，让游客对大运河有一个更直观、更深层次的了解。

（2）提升旅游配套服务

除了旅游基础设施这些硬件的完善和提升，大运河文化旅游的"软件"也要加强，主要是指大运河文化旅游服务。其中包括讲解服务、便民服务、医疗救助等。景区可利用运河文化志愿者的力量，为游客提供免费定时、定点讲解服务；培养多语种的专业的讲解员队伍，打造国际化大景区；利用手机扫码或者下载讲解导览APP，随时随地听讲解。便民服务站分布范围比游客服务中心要广，密度要大，满足游客在旅游过程中的基本保障性需求。如免费供水、提供宣传资料、景区导览、设置快速充电站、提供快递服务、明信片邮寄服务，等等。设置医疗救助站，提供应急药品、应付突发意外情况。这些服务岗位可充分利用志愿者的力量来运作，以公益性服务为主。

4. 开发数字化旅游，发展互联网＋旅游

开发5G运河，游客通过手机实现大运河网上畅游。绘制大运河文化旅游导览地图，整个大运河景区的六大要素全域合理布局，网罗所有旅游资源，数字化共享运河特色景点、住宿、餐饮、游乐设施、交通等。开发畅游大运河导览系统和各景点、遗产点讲解系统，游客通过手机APP就能在线查阅运河遗产介绍、交通出行、用餐住宿等信息，并导览至遗产点参观游览并在线免费听讲解。另外，还能提供大运河相关资料的云下载服务。或利用VR/AR等技术，实现大运河虚拟现实游。

5. 做好大运河（拱墅段）文化旅游宣传推广工作

利用世界遗产的影响力来宣传。杭州有三大世界遗产项目，把大运河与杭州西湖文化景观、良渚古城遗址一起打造"三大世遗游"。利用旅行社宣传。和旅行社合作开设大运河旅游专线，通过旅行社包装推送给游客，从而达到宣传普及效果。利用旅游网站宣传。如与携程网、驴妈妈等旅游网站合作推送大运河景区。利用媒体宣传。在公共媒体上，在火车站、公交站、地铁站、商业集聚区、大运河景区周边道路等地，投放广告，尤其是在大运河景区周边，宣传大运河景区。利用网络宣传。利用网络传播速度快，传播范围广的特点，打造网红景点、网红民宿、网红餐厅等，吸引游客前往大运河景区。利用活动宣传。如可以在每年的特定时间段开展举办大运河文化旅游节、大运河庙会等吸引游客。

大运河文化旅游目前还处于起步阶段，随着国家《大运河文化保护传承利用规划纲要》的落地，大运河国家文化公园的建设，在"千年运河"大运河文化旅游品牌的背景下，大运河沿岸各地将结合本区域大运河旅游资源和历史文化底蕴，发展地域特色鲜明、文化类别多样、人文风俗各异的大运河文化旅游，以河为链，以城为珠，串珠成链，把大运河打造成为传承中华文明的文化旅游精品带，最终实现大运河缤纷旅游带的发展目标。

参考文献

［1］　中办、国办发《大运河文化保护传承利用规划纲要》。
［2］　中国拱墅区委、拱墅区人民政府《杭州市拱墅区文化发展规划 2018—2021》。
［3］　张环宇、徐林强：《杭州运河旅游》，杭州出版社，2013。
［4］　徐吉军：《杭州运河史话》，杭州出版社，2013。

打造山水秀丽的绿色生态带

兰甜

京杭大运河从北京的白浮泉跨越 1700 多公里一路浩浩荡荡南下到达杭州的拱宸桥，她像一条横亘在中国大地上的卧龙，彰显了中国历史的绵延不息和中华民族恢宏磅礴的气度。在过去长达 2000 多年的历史中，京杭大运河一直生生不息，以其博大宽广的胸怀造福和哺育了两岸的人民。

运河穿过六省两市，流域面积宽广，运河生态环境的建设事关所流经区域所有居民的生活。随着现在生态环境的问题越来越受到人们的重视，对于运河生态的保护也是受到社会各界人士的关注，为运河营造一个绿色健康的生态环境，为运河留下那一抹绿色，是我们这个时代为运河送上的最美丽的礼物。

随着大运河申遗成功和《大运河保护文化传承利用规划纲要》的出台，各地对大运河保护工作也如火如荼地开展着。打造大运河绿色生态带是运河保护传承利用工作的一个重要目标，实现这个目标，可以从运河的水、岸、民等方面入手，将大运河打造成山水林田湖草是生命共同体的"美丽运河"。

一、水乃运河之眼

京杭大运河沟通了海河、黄河、淮河、长江、钱塘江五大水系，这也就意味着运河与这些水系形成了一个完整的水流系统，在这样一个庞大的系统中，水源充足、水质保护、水的流动性都非常重要，如果水源不足将严重影响的运河的流动与通航，水质污染严重将影响河水生态环境和两岸居民生活，水流动性差将影响运河水流动以及通航。

运河是一条人工水道，是人类的智慧和力量的象征，是人类成功改造自然最骄傲和耀眼的证明。水是运河的生命之源，是运河的灵魂之窗，是运河最美的眼睛。运河的存在离不开水，水的流动不居，赋予了运河灵动的生命。运河的生态环境建设中，水是摆在第一位的，没有水就没有河，因为运河是一条人工水道，她的水其实都是从自然水源中"借"来的，需要源源不断地水源补给才能保证其正常运行。

对于大运河来说，如果没有水，那就是一条死河，是没有生命力的。运河的水资源问题是运河生态环境保护的重中之重，受地理环境和气候条件的影响，北方降雨量相对南方较少，水源不足问题一般出现在北方流域，特别是在济宁以北地区断流现象严重，有的河段常年干涸或者只是季节性有水，要改变这一现状，实现运河常年有水并能通航，这就需要各地政府重视水资源的保护利用，重视运河水源补给与调配，实时监测当地的运河水位情况，抓住南水北调建设契机，完善运河水资源配置工程体系，多方位多途径地为运河输送充足水源。

水源不足是运河经常会遇到的问题，有的地方由于运河干涸，结果运河沦为了垃圾场或者牧场，比如 2016 年大运河德州段四女寺水利枢纽就曾出现大面积干涸，河床干裂，运河成为牧场，为此德州多次对运河生态环境进行治理。改善运河缺水情况，并且积极推动京杭大运河德州段复航。

除了水源不足，水质污染也是运河一大难题，运河流经区域两岸大多人口稠密，工业发达，大量的生活和工业污水以及废弃物排到了运河，造成了运河水质污染，严重的甚至常年又脏又臭。以杭州的中河、东河为例，据 1981 年统计，中河、东河沿岸当时共有 121 个合流废污水管，每天排入 12 万吨以上的污水，大量有害有毒物质排入，导致鱼虾绝迹，河道散发出难闻的臭味。为了治理中、东河，1982 年 8 月 10 日，杭州市人民政府出台《关于中、东河综合治理工程的决定》，治理的内容包括整治河道，解决河水污染问题。治理工作从 1983 年起 1987 年止，中河治理从凤山桥到新横河桥 6.1 公里，东河从断河头斗富一桥到滚水坝 4.13 公里，拆迁沿河单位 342 家、居民 7237 户，涉迁人口 2.7 万人，沿河两岸埋设污水截流管道，污水入河排污网往东延伸到钱塘江四堡污水处理厂，并利用埋设截流管道的位置辟建带形公园。中河、东河改造后水质明显提升，改善了运河的水质生态环境。

在1993年10月，杭州启动了京杭大运河（杭州段）截污工程，历时八年，直到2001年7月，截污工程全面完工，建成后的污水系统是杭州第三污水系统，可以接纳城北地区日排放的近50万吨的各类污水，通过主干管、支干管、提升泵站输送到扩建后的四堡污水处理厂，处理后排放到钱塘江。京杭大运河（杭州段）截污工程从根本上解决了京杭大运河（杭州段）污染问题，为改善运河水质创造了条件。2013年11月年杭州又提出了"五水共治"，时至今日水治理取得一定成果，相信杭州运河的水会越来越清澈，运河水生态越来越健康。

朱熹有诗云："问渠那得清如许？为有源头活水来。"水是运河生命源泉所在，给运河带来流动自由的灵性。运河的美离不开水清、水活、水灵动。要让运河真正活起来，除了需要足够清澈的运河水，还需要运河的流动不息。运河强大生命力离不开水的流动，没有水的流动，京杭大运河实现南北贯通的计划只是一个空想。提升运河水的流动性，也是提升运河生态环境一项重要工作，运河的疏浚整治，需要对河道淤积情况进行监测和建立清淤长效机制，只有河道通了，运河才能畅通，才能真正成为具有生命力的活的运河。

我们看到一代又一代的运河人为了将大运河变得更加美丽，做了非常多的努力，但运河水资源的保护利用还任重道远，希望大运河沿线能坚持系统治理、加快生态水利工程建设，一步步完善运河的生态系统，将大运河打造成山水秀丽的绿色生态带，还民一个水清、水活、水灵动的大运河。

二、岸为运河之骨

水是运河的眼睛，那么岸是运河的骨骼，水是运河柔美的抒情符号，岸是运河坚硬的实体支柱。运河河岸生态建设在打造大运河绿色生态带中占有重要地位，运河自然生态系统和各类功能的实现需要依赖河岸建设实现。河岸生态建设，重绿运河岸，需要对运河的岸线、景观、植被等进行相应的提升。

我们翻看大运河杭州段的运河两岸历史变迁图，就会发现杭州运河沿岸的植被覆盖水平近几年大幅度提升，绿色生态廊道建设得越来越好，运河河岸和运河河水相得益彰共同构建了一个水清岸绿的生态空间。

在 1987 年完成的杭州中河东河治理中，除了解决了河水污染问题，还拓宽了河岸，改造了沿街建筑物，开辟了绿化带。从中河凤山路到梅登高桥，河上重修，新建了 27 座石桥，以庆余亭为中心布局的绿化带与沿河长廊，变成了广大市民业余文化娱乐中心，从东河断头河往北到艮山门，曲曲折折的河道与两岸宽敞、美丽的绿化带，组合成了一个开放式的大公园，解放桥两侧的水上亭榭组合开辟了宽敞的绿地和游憩平台区，成为东河一景。

杭州运河综合保护工程自 2002 年启动至今，一直围绕"还河于民、申报世遗、打造世界级旅游产品"三大目标，"截污、清淤、驳坎、配水、绿化、保护、造景、管理"的八位一体的改造治理方针，对京杭大运河杭州段进行综合整治。经过十多年的努力，综合保护工作成果显著，建设了滨河通道和大运河景观带，使运河成为纵贯杭城的"生态轴"。

因为住在运河边，每天都要沿大运河拱墅段的宸运绿道上下班，漫步在这条树木林立，植被繁茂的游步道上，仿佛进入了环境优美的生态王国，清澈灵动的运河水与绿意盎然的两岸风光，为沿岸居民创造了一个绿色宜居的生活环境，幸福感十足。

虽然各地大运河沿线的生态环境较以前有很大改善，但是打造大运河绿色生态廊道是长期工作，任重道远，要不断优化滨河生态空间，实施滨河防护林生态屏障工程，加强植被绿化，强化自然生态修复和改善；要加强生态空间管控，对运河沿岸 2000 米内核心区进行核心监控，严格自然生态环境和传统历史风貌保护；突出对运河沿岸的自然保护区、风景名胜区等重要生态空间保护；加大沿岸森林、湖泊等自然生态系统地修复治理，开展环境监测评估，建立生态资源环境承载能力监测评价体系。

三、民是运河之本

习近平总书记说："建设生态文明是关系人民福祉、关系民族未来的大计。中国明确把生态环境保护摆在更加突出的位置。"大运河的绿色生态带的建设，在我看来应该是水、岸、民三位一体的，水和岸的绿色生态建设最终应落实到便民、惠民上来，真正造福两岸的人民才是最终目标。

大运河从诞生起就与人民的生活息息相关，是一项伟大的民生的工程，水利灌溉、航运交通、水路运输，生活休闲等。运河生态环境的好坏直接影响到整个城市和广大市民的生活，所以打造绿色生态带的时候要将民生民意切实考虑进去，实现便民、惠民，做到"以民为本""还河于民"。

杭州连续十二年来获得"中国最具幸福感城市"，这与近些年来，杭州对运河的综合保护做的大量工作是分不开的，对运河生态环境的改善切实改变了运河两岸的居民生活环境，给美丽的杭州城增添了耀眼的光彩，使京杭大运河最南端的杭州成为名副其实的绿色生态之城。

2002 年启动的杭州运河综合保护一期的工程，实施范围是石祥路到秋涛路，全长 11 公里，实施项目是"一馆、两带、两场、三园、六埠、十五桥"。2007年启动的综合二期工程的实施项目是"一廊二带三居四园五河六址七路八桥"，这些运河项目工程的完工，切实为运河边的居民打造了一个集"文化、旅游、生态、休闲、商贸、居住"六位一体的绿色宜居家园，大大提高了运河两岸居民的生活品质，打造了水清可游、景美可赏、岸绿可憩的"美丽运河"，山水秀丽的绿色生态带，大大提高了两岸人民的生活幸福感。

杭州运河边的环境跟居民的生活是结合在一起的，为了使得运河周边古建筑和文物保护既符合文物保护要求，又满足居民正常的生活需求，杭州对于对运河边原住民采取了"允许自保，鼓励外迁"安置方式，旧房屋改造采用"旧包新"的修缮办法，外面在旧房的基础上原样修复加固，保留民居古旧风貌，内部换成牢固水泥砖墙，进行新的水电改造，并添置生活设施及消防设备。原住民的回迁更好地保留了运河沿岸街区原有风貌，传统的生产和生活方式和古朴的民俗都保存了下来，这样的改造和安置方式，最大限度地保留了运河的原生态，是绿色的，是环保的，最大限度地保护和改善了运河周边的环境又不会造成大的环境破坏，同时又维护了原住民对运河的感情，真正做到了"以民为本""还河于民"。

　　"走向生态文明新时代，建设美丽中国，是实现中华民族伟大复兴的中国梦的重要内容。"大运河绿色生态带的建设是生态文明建设的重要组成部分，我认为不应该仅仅局限在大运河上，应更大范围地扩展到影响整个城市发展和人民的生活理念上，推动绿色发展方式的形成，践行科学发展和可持续发展理念，在谋求发展的同时兼顾环境保护。大运河绿色生态带的建设还应推动绿色生活方式的形成，将"绿色、生态、环保"的生活理念植入每一个居民的心中，为运河营造一个生态的、健康的、美丽的环境，留下那一抹珍贵的绿色。

名家名篇

中国运河文化及其遗产保护

李泉

中国运河文化是运河区域人民在长期社会实践中创造的物质和精神财富的总和，是中华民族文化大系中南北地域跨度大、时间积累长、内容丰富多彩的区域文化。区域文化是特定文化区域中产生的独特文化现象，文化区域是她的母体和载体。区域文化又是历史文化的层层积累，文化历程是她的血肉和精髓。就是说，当某一地理区域的文化积累相当丰厚，出现了区域内部物质文化的共性和精神文化的认同，这种共性和认同明显区别于相邻的同属于一个文化大系的其他区域文化，于是新的文化区域出现，新的区域文化也形成了。运河文化就是在长期历史发展进程中形成的既具有中华文化特质又有显明个性特征的区域文化。2007 年 9 月，中国大运河联合申报世界文化遗产办公室在扬州揭牌，运河沿线的 33 个城市组成城市联盟，共同承担这项任务。经过七年的努力，2014 年 6 月 22 日，在卡塔尔多哈举行的联合国教科文组织第 38 届世界遗产委员会会议上，"中国大运河"被批准列入《世界遗产名录》。本文简要论述运河文化的形成过程，并对运河文化遗产的特点及其保护问题谈些粗浅的看法。

一、早期的运河及运河文化

自春秋后期至隋以前的千余年时间里，中国境内见于文献记载的、具有一定规模的运河不下二三十条[1]。有春秋后期吴王夫差开挖的沟通长江与淮河的邗沟、沟通沂水和济水的菏水[2]，有战国时期魏惠王开挖的鸿沟，秦始皇时开挖

---

[1]　本文论述中国的运河自春秋时期夫差开邗沟始，至于许多学者所讨论的吴太伯所开太伯渎、宋王偃开陈蔡运河、吴、越等国所开运河，因系后代文献记载，多具传说性质，故未述及。

[2]　《国语·吴语》："吴王夫差既杀申胥（伍子胥），不稔于岁，乃起师北征，阙为深沟，通于商鲁之间，北属之沂，西属之济，以会晋公午于黄池。""商"指宋国的都城商丘一带，"鲁"指鲁国都城曲阜一带，夫差所开挖的这条深沟，就是后来人们所说的菏水。

的举世闻名的灵渠。汉武帝开挖的从长安沿渭水南岸东行出华阴入黄河的"漕渠"，是关中地区的重要运河。东汉一代极力修治经营汴渠（即鸿沟水系的汳水，又称获水）。东汉末年，曹操向北方用兵，在黄河以北开挖了利漕渠、白沟、平虏渠、泉州渠、新河，沟通了黄河与海河。曹魏末年又在今豫东皖北一带开广漕渠、淮阳渠和百尺渠。孙吴曾对镇江至丹阳段运河进行了修治。西晋对邗沟进行了改造，使之径直南流入淮。东晋荀羡北征前燕时开洮河引汶水通于泗水，桓温的部将毛穆之在钜野开河百余里。这些运河覆盖了以中原地区为中心，北起河北北部，南到广西，西达关中地区，东至苏鲁沿海的广大地区。

有了运河就有了运河文化，这是一个长期为人们普遍认可但却不能成立的命题。运河文化是运河流经地区的区域文化，从文化地理学的角度看，区域文化是一个文化时空概念，它的生成有两个最重要的因素，一是地理环境，也就是一个具有凝聚性、开放性且相对稳定的自然地理环境和人文地理环境，这是空间概念；另一个是历史演进，也就是特定地理区域内的历史文化的逐步积淀，这是一个时间概念。具备了形成区域文化的地理空间，又经过较长历史时段的同质文化的积累，取得了区域成员的文化归属和文化认同感，区域文化的生成才有了可能。但是早期运河区域还不具备区域文化生成的基本条件，没有经历文化积累的必要过程。

就地理环境看，运河开挖以后，形成了以运河为轴心的向两岸扩展的自然地理区域。但是，早期运河的开挖规格低，功能单一，里程不长，短者数十里，长者数百里，没有形成一个水运系统，运河的辐射力局限于运河两岸狭小的地域内。而且，这些长度有限的运河，大都处在某个诸侯国或某一行政区域中，面积狭小的运河区域，莫不包含在以诸侯国或行政区域为基础而形成的文化区域之中，无法突破源文化对它的影响和控制，无法与其他文化区域的异质文化交汇碰撞而形成独特的文化地理环境，所以无法形成与所在的或周边的其他区域文化形态明显不同的文化特征。

就历史演进看，早期运河大都是为运送军粮和军事物资而开挖，一旦战争结束或战争形势发生变化，运河的使命完成，它便成了无人关注的水沟，淤塞湮阻，无法通航，有的数十百年后又被挖通，有的则永远成为历史的陈迹。在较短的历史时段或前后不相衔接的几个时段内，某一条运河流经的区域可以形成特点显明的物质文化和制度文化，但却难以孕育出区别于其他文化区域的精神文化成果，形成独具一格的观念文化形态。决定区域文化品格的精神文化是区域物质文化、制度文化及行为文化升华结晶的产物，是历史演进过程中逐渐变异、层层累积并被区域民众所认同的文化状态。在隋代以前，这种精神文化形态在运河流经的区域中正在孕育，还没完成规定区域文化性质的升华。

当然，这个时期，也有首尾连接、里程较长的运河，如曹操向北方用兵时所开挖的运河，起于今河南省淇县一带的黄河北岸，一直向北延伸进入今河北省东北部的滦河，到达唐山市以东的地方，全长千余里。但这条运河贯通的时间很短，除白沟之外，曹操北征的战争结束后，其他河段便相继湮塞了，没有历史文化的积淀。这个时期，也有在很长时期内保持通航的运河河道，如吴王夫差开挖的邗沟、秦始皇开挖的灵渠，后代不断维护修治，生生不息，流淌至今。但是这些河道里程都不长，蜗居于以诸侯国或行政区域为基础形成的文化区域之中，时时受着它所归属的本土区域文化的浸润滋养，无法形成有别于周围文化区域的独特的文化形态。

与前一时期的运河相比，隋代以后运河河道的走向趋于稳定，连续通航的河道里程大大延长，持续通航的时间更久，运河开挖、维护、通航、管理技术有了明显提高。隋炀帝所开大运河由永济渠、通济渠、邗沟、江南河等首尾相连的四条运河组成，加上隋文帝在关中开挖的广通渠，全长2700多公里，这不仅在中国历史上，而且在世界历史上都是绝无仅有的。唐代汴渠（即通济渠）、邗沟、江南河成为漕运动脉，时时予以培护修治，通航条件较隋代有较大改善。北宋十分重视对汴河的修治管理，两宋对邗沟、江南运河，也多次进行整修治理。金朝在北方兴建了一些新的引水工程，保证了御河的畅通。以上河道流向历经几个朝代无大变化，连续通航达数百年之久。元代开挖会通河，北方运河弃弓走弦，河道走向有所改变，但卫河（南运河）、潞河（北运河），特别是淮海以南的邗沟及江南运河，仍利用了原来的河道。历朝政府对运河的修治维护、河道的长期畅通、运河流经地区间的长期经济文化交流，由运河交通而带来的异地文化的传入及与本土源文化的融会碰撞，使运河区域与周边的其他区域产生了文化上的差异，运河文化区域由此形成了。

运河文化区域形成的重要原因之一是运河的功能发生了显著变化。前一个时期，战争的需要是开挖运河的动因，运河的主要功能是运送军粮及军事物资，多属临时性的军事通道，设计较为仓促，开挖时因陋就简，一旦战争结束，某些河段的使命就已完成，因缺乏维护而淤塞。汉代以后，运河也承担了漕运的任务，但西汉建都关中，当时的农业区在中原及黄河下游地区，西汉漕运路线为东西走向，最重要的漕运水道是黄河。东汉都城东移至中原地区，京城物资供应的压力较前减小，对漕运的依赖有所减弱。魏晋分裂割据时期，运河漕运的功能明显蜕化。隋唐以后，中国的经济重心逐渐移至东南地区，由东部及东南地区向都城漕运粮食及其他物资，成了统治集团生存和国家机器运转的重要保障，成了一项持久的不可间断的经济活动。"漕运之制，为中国大政"[1]，历代政府无不将其列为重要政务，而漕运河道的开挖、修治、维护也格外受到重视。唐代于工部下置水部郎中、员外郎各一人，"掌津济、船舻、堤堰、沟洫、渔捕、运漕、碾硙之事"，京城附近设有"渠长""斗门长"，各州县的堤堰，由刺史、县令负责管理[2]。宋承袭唐制置水部郎中、员外郎，"掌沟洫、津梁、舟楫、漕运之事"，

[1]　康有为：《康有为政论集》上册，第 354 页，中华书局，1981。
[2]　（宋）欧阳修、宋祁：《新唐书》卷四六《百官》一，第 1202 页，中华书局，1975。

同时在三司下置河渠司，专门管理"黄汴等河堤功料事"，后改置都水监，下置"提举汴河堤岸司"等官职[1]，专门管理运河河道事务。运河及漕运管理的法规制度逐步建立了起来。运河区域的地理空间大大拓展，长期通航而积累的历史文化也逐步丰厚了起来。

随着运河运输能力的提高，运河所承载的商品流通的功能逐步彰显出来。隋唐时期，除了关中运河最西部的京城长安、京杭运河中部的东都洛阳之外，地处江南的运河城市杭州、苏州、湖州、常州、润州（今江苏镇江），邗沟南端的扬州、北端的楚州（今江苏淮安），汴水流域的开封、宋州（今河南商丘），永济渠流域的魏州（今河北大名东北）都是商业繁华的城市。城市之外，还出现了专门进行商品交易的"草市"。唐代诗人王建《汴路即事》诗曰："千里河烟直，青槐夹岸长。天涯同此路，人语各殊方。草市迎江货，津桥税海商。回看故宫柳，憔悴不成行。"运河千里流淌，两岸槐树成行。远来的客商都从这条河道上经过，不同的语言说明他们来自不同的地方。河边的草市里商贩争相购买由江中运来的货物，津桥旁边的关卡对泛海而来的商品征税。这是对运河区域商业及商业文化的形象描述。北宋时期的运河中心城市东都开封，南宋时期的都城运河南部城市临安，元代运河北端的城市大都，都是商业繁华的城市。此外，运河沿线的徐州、扬州、镇江、真州（今江苏仪征）、建康（今江苏南京）、常州、无锡、吴江、湖州、嘉兴、绍兴、明州（今浙江宁波）等城市的商业也十分繁荣。商业繁荣带来的不仅仅是运河区域经济的发展，更重要的是经济结构的变化，人口的水平流动和垂直流动，商业文化的交流，生活理念及价值观念的变化。所有这些，都为运河文化区域的形成准备了条件。

因运河畅通而引发的南方与北方间的文化交流，对运河文化区域的形成起到了至关重要的作用。隋炀帝巡游扬州，随行人员除后宫、诸王、百官外，尚有僧

---

[1] 关于宋代运河及漕运管理机构设置情况，详见（元）脱脱等《宋史》卷一六三《职官》三、卷一六三《职官》五。

尼、道士及外国客人，列船数千艘，挽船夫八万余人，船队绵延200多里，旌旗飘扬，华光异彩，一路悠悠行进，历两三个月才到达了江都。如果我们不是仅仅关注隋炀帝恣意享乐、滥用民力的荒唐行为，而是从另外的角度审视这件事，就会发现这实在是中国历史上亘古未有的一次南北之间的规模宏大的政治、文化、礼仪、习俗的大传播、大交流。唐代，全国各地的官员、士人、学者、商人、工匠、艺人、僧侣、道士及国外使节、商旅等，无不往来于运河上，或从南方的杭州及苏州、扬州等地北赴洛阳至京城，或者从京城至洛阳经运河到达南方各地。他们沿途办理公务、驻足游历、访朋会友、说经布道、求师问学、传播技艺、购买商品、娱乐消费，将各地的文化乃至异域的文化——生产技术、生活方式、观念、信仰、风俗、习惯等带到并播撒在运河区域。运河区域的本土文化、源文化逐渐发生变异，产生了不同于周边地区的新的文化形态，形成了与区域源文化并列的同属于中华民族文化大系的亚文化。

隋唐宋元时期的运河文化还没有达到十分成熟的程度。这个时期，运河的通航常常受到战乱及国家分裂等政治形势的干扰，运河的许多河段处于时通时塞的状况。汴河是京杭运河水系中最重要的一段河道，安史之乱发生后遭到破坏，代宗广德年间，刘晏予以修治，恢复了通航。唐后期，藩镇割据，时常断绝交通，汴渠最终淤塞。五代周世宗复加治理，使之畅通，北宋极力经营，精心培护，但好景不长，北宋中期以后国势贫衰，黄河泛滥，泥沙淤积，至金朝，完全埋塞废弃。南宋人韩元吉行经运河时有诗曰："东海桑田未可期，隋河高岸已锄犁。楼船锦缆知无地，枯柳黄尘但古堤。"[1]，北宋时水流奔腾的汴河，南宋时已干涸成为农田。元朝另辟水道，汴河遂成历史陈迹。河道通塞不定，使其流域的文化积淀时断时续，往往是新的文化形态刚刚萌生，就被政治军事风雨摧折，文化积累的连续性受到影响，大大减缓了新文化形态生成的速度。黄河以北的运河河

---

[1]　（宋）韩元吉：《南涧甲乙稿》卷六。

道所受的破坏比汴河小些，但隋唐到北宋，其主要功能在于向北部边地运输军事物资，漕运及商运都不发达，人员往来少，与其他区域的文化交流少，也使得运河区域文化未能达到成熟的程度。

元代运河全线贯通，但它的设计存在不少缺陷。其中最大的问题是会通河水源分配不合理，汶河水源自济宁输入，使得北段水量不足。"济宁地势，北高而南下，故水之往南也易，而往北也难，北运每虞其浅阻。"[1]此外，新开运河河道规格偏低，"岸狭水浅，不能重载"[2]。加上黄河决口，侵淤运河；社会动荡，经济凋敝。通过运河运至大都的漕粮每年最多不过二三十万石，不及漕粮总量的十分之一。元朝国祚不久，运河通航时间短暂，所以京杭运河虽然全线贯通，运河文化还只是在某些河段不断发展，贯穿南北的京杭运河文化区还没有最终定型，作为中华民族文化大系之亚文化的运河文化形态还处在萌生或初步形成的阶段上。

二、明清时期运河文化的兴盛

明清两代以漕运为军国大计，视漕运为国家命脉，对元代运河河道设施等进行治理改造，使河道走向、规划合理，水量相对充足，疏浚培护及时，管理制度完善，四五百年间，京杭运河河道稳定，持续畅通，它所流经的地区（流经的城镇和州县）及其辐射的区域（距离运河较近且明显受到运河交通、运河经济影响的地区），逐渐形成了一个纵贯南北，穿越几个行政区域、自然区域的地位特殊、特点显明的地理区域。在这个区域中，不仅有数百年前后传承的、与其他区域明显不同的物质文化与制度文化，而且漕运的发达、商业的繁荣、区域内外广泛深入的文化交流、人口的迁移流动等，更使这个区域逐渐融汇积累了丰厚的精神文

---

[1] （清）张伯行：《居济一得》卷一《运河总论》。

[2] （清）张廷玉等：《明史》卷一五三《宋礼传》。

化。绚烂多彩的京杭运河文化进入了空前兴盛的阶段。

明清时期京杭运河区域出现了特点显明的物质文化。有穿越数省的运河主河道及引水减水河道，有难以计数的水工设施、管理设施和其他配套设施。其中仅水工设施就有如下几类：一是综合性枢纽工程，有南旺分水工程、黄淮运交汇的清口工程、运河入江工程等。二是供水工程，包括引水工程，如引汶泗济运河道、引黄济运渠道、引漳入卫河道等；蓄水工程，如会通河水柜、苏北骆马湖、江南练湖等；泉源，如分布在鲁西16个州县的会通河泉源（康熙年间达400多个）、北京西山诸泉等。三是排水工程，包括北运河、南运河及会通河北段诸减水河、减水坝、减水闸等，里运河减水河、减水闸等。四是控水工程，包括数量众多的船闸，河堤湖堤，各种功能和材质的坝，绕闸而过的月河。五是交通工程，包括桥梁（南方的石桥及北方闸桥一体工桥梁）、渡口（如瓜洲古渡）、码头、纤道等，其总量当以百千计。

运河沿线的工商业城镇也是运河物质文化的一个亮点。运河像一个环环相扣的经济链条，在它的每个环节上，都有商业繁华的城镇作轴心，将沿途乡村紧紧地连为一体；运河又是一个动力源，持续不断地通过城镇经济发展推动区域经济的兴盛。北京、通州、天津、沧州、德州、临清、聊城、济宁、淮安、扬州、镇江、无锡、苏州、嘉兴、杭州等政治经济中心城市且不说，仅船闸、码头、渡口处兴起的小城镇，也足以使运河城镇文化突显出异样的色彩。在济宁至聊城一百余公里的河道上，自南向北便有安居、长沟、南旺、开河、袁口、靳口、安山、戴庙、张秋、七级、阿城、李海务、周店等十余个商业繁华的小城镇，它们大都是夹河而建，商业兴盛，交通便捷，运河舶来的南北各地商品由此转卖向附近村镇，同时也向运河商船输入附近城镇乡村的农产品。运河区域城镇格局及城镇经济特点构成了运河物质文化的显明特色。

明清政府均设有中央派驻地方的从事河道管理的高级官职，地方政府也有专职官员从事河道管理，管理河道的差役河夫也逐渐趋于专业化。他们的职责主要是疏浚河道、修筑堤防；启闭船闸、节制水流；管理泉源、输水供水。明清时期还有管理漕粮和漕运的专门官职及相应的下属机构，他们的职责主要是：监督、催促漕粮的征收，管理运河沿岸的粮仓，管理漕船运输。为了保证漕粮运输安全准时，明清政府制定了许多法规条例，内容包括漕粮开仓兑运的时限，各地区漕船的行驶次序，各河段的行驶速度，抵达通州的时限，漕粮短缺的赔偿，漕船夹带土宜的数量及种种漕运禁令。这些法规条例给运河沿线人们的生产方式、生活方式都带来了重要的影响。另外，从事河道、工程、漕运、仓储、税收管理的官员常住于运河沿线的大小城镇，十几万漕运兵丁每年往来于运河上，数以万计、十万计的民工几乎年年从事运河堤防修筑、河道疏浚、闸坝建设，难以计数的农民离开农村到运河城镇码头船闸从事拉纤、搬运、商业、餐饮、服务等行业，从根本上改变了运河区域的社会结构和生产生活方式，使运河区域出现迥异于周边其他地区的制度文化与行为文化。

如果说区域物质文化、制度文化只是物化半物化的、浮在社会表层的文化现象的话，那么精神文化则是深层次的、最能代表区域文化本质属性的文化现象。区域精神文化的形成根植于物质文化和制度文化的土壤中，而以区域内部文化沟通与区域间的文化交流融汇碰撞为根本动因。明清时期的京杭运河流经直隶、山东、江苏、浙江四省，南北各地的源文化有很大的差异，运河将各种区域文化联结在一起，漕运、商业活动及社会各阶层的南北往来，带来了南北文化的交汇融合，使得运河区域人们的心理心态、思想意识、宗教信仰、生活习俗、文学艺术等方面出现了逐步趋同。以宗教信仰来说，明代以前运河北部京、津、齐鲁地区的宗教及民间信仰比较单一，除了佛、道信仰及官方提倡的城隍、土地诸神外，较为普遍的神灵崇拜只有东岳大帝及碧霞元君崇拜。而运河南部地区特别是东南沿海一带的宗教信仰则复杂得多，具有明显的泛神崇拜性质。运河畅通后，商业的繁荣及对水运的倚赖，使得北方运河沿线的城镇及乡村中，行业神、自然神和圣贤神的崇拜日益增多，运河南端的神灵也降临到了北方运河地区，同样受到了人们的崇拜。如起源于福建传播于江浙的天妃（又称天后、妈祖）信仰沿运河向北传播，至清代，山东、京、津的运河城镇大都建有天妃宫。同样，北方的神灵也泊去南方，受到当地人的尊崇。如金龙四大王信仰在山东济宁一带兴起后，沿运河迅速向南北传播，不仅"北方河道多祀真武及金龙四大王"[1]"江淮一带至潞河，无不有金龙四大王庙"[2]，从史料记载来看，运河南部的宿迁、山阳、京口、南京、苏州、无锡、杭州等地，都建有金龙四大王庙[3]。

　　明清时期京杭运河文化的形成，与运河之外的其他区域文化的影响有很大关系。这种影响，主要来自各地商帮在运河区域的活动。明代运河一通，徽商便相机而动，迅速在运河区域开拓市场。明中后期，晋商进入运河区域，入清后更是遍布于运河沿线的城镇乡村。另外，来运河区域经商的势力较大的商帮还有江苏的洞庭商帮、江宁商帮、太仓商帮，有江西商帮，浙江商帮，闽广商帮，辽东商帮等。他们或在运河城镇设立店铺，或从事长途贩运，运河沿岸的政治中心城市且不说，就连东昌府辖的张秋小镇，也是"齐之鱼盐，鲁之枣栗，吴越之织文纂组，闽广之果布珠玑奇珍异巧之物，秦之阘茸，晋之皮革，皆荟萃其间"[4]。各地商人纷纷在运河城镇建立会馆，将本地的建筑技术、雕刻绘画艺术、民间信仰、生活习俗带到了运河区域，将各地文化渗入运河区域的本土文化中。另外，上自皇帝高官，下至工匠艺人，南来北往，无不通过运河。外国使节商团人等，也都通过运河北至京城，南抵沿海港口。运河区域的开放性及其大量的人口流动，使运河区域能够吸纳其他区域文化，融会各地的风情民俗，形成异于本土文化的

[1]　（明）谢肇淛：《五杂俎》卷一五《事部三》

[2]　（清）赵翼：《陔余丛考》卷三五《金龙四大王》。

[3]　王云：《明清时期山东运河区域社会变迁》，第283页，人民出版社，2006。

[4]　（明）于慎行：《安平镇新城记》，载道光《东阿县志》卷二〇《艺文》。

颇具特色的文化景观和社会风貌。

明清时期的京杭运河南北长 1700 余公里，而它所流经或辐射的区域东西一般不过数十公里，由此形成了一个十分狭长的文化区。它穿越了由古代燕赵文化区演变而来的京津文化区、受齐鲁文化浸润颇深的山东文化区、在古代吴越文化影响下成长起来的江浙文化区，由于京杭运河各河段源文化的差异及各河段自然地理环境、河道设施（闸坝码头等）、管理方式、社会结构等方面不尽相同，所以在运河文化区域中，不同河段又呈现出不同的文化特点。当时各河段有不同的名称："漕河（指京杭运河）之别：曰白漕（北京至天津段）、卫漕（天津至临清段）、闸漕（临清至苏北段）、河漕（徐州到淮安段）、湖漕（淮安至扬州段）、江漕（江苏南部段）、浙漕（浙江段），因地为号，流俗所通称也。"[1] 人们又习惯于将运河自北向南各河段称为通惠河、北运河、南运河、鲁运河、中运河、里运河、江南运河，说明各河段河道有不同的特点。明后期一位朝鲜官员自宁波、杭州沿运河北到北京，返国后写下了自己对运河南北地区文化同异的体察，他说中国南方和北方有许多共同习俗："尚鬼神，崇道、佛；言必摇手，怒必蹙，口唾沫；饮食粗粝，同桌同器，轮箸以食；虮虱必咀嚼；砧杵用石；运磨使驴、牛；市店建帘标；行者担而不负载；人皆以商贾为业，虽达官巨家或亲袖称锤，分析锱铢之利"[2]，但同时也发现了以长江为界南方和北方在房屋建筑、风俗习惯、文化修养、生产方式、上下级关系、装束穿戴、丧葬习俗等方面的明显差异。整个明清时期，在运河不同河段、不同地区，运河物质文化和精神文化都有些小的差异，大体说来，越是相距远的地区，文化差异越明显。

运河文化是一种动态的文化，在不同的历史时段，它的内涵不尽相同。在文化演进过程中，新的文化现象不断出现，使得运河文化更加丰富多彩，某些旧有

---

[1]　（清）张廷玉等：《明史》卷八五《河渠》三《运河》上，第 2078 页，中华书局，1974。

[2]　（朝鲜）崔溥：《漂海录》，载葛振家《漂海录评注》第 194 页，线装书局，2002。

的文化现象则逐渐消亡，不再为后代人所接受或认同。因此运河文化的研究，不仅是一种文化现象学研究——面对现实之物、阐释与现实有关的文化现象，还应该是历史学的研究——反观往古，探寻历史时期文化的内容、特点、作用及发展演变的历程。

三、中国大运河文化遗产保护

要保护运河文化遗产，首先要弄清楚什么是运河文化遗产，与其他文化遗产相比，中国运河文化遗产有哪些特点。

文化遗产，简单地说，就是文化方面的历史遗存。联合国教科文组织和世界遗产委员会给出的"世界遗产"的定义是：全人类公认的具有突出意义和普遍价值的文物古迹及自然景观，是人类罕见的、目前无法替代的财富。世界遗产包括"世界文化遗产""世界自然遗产""世界文化与自然遗产"和"文化景观"四类，大运河"申遗"申请的是第一类。

运河文化是运河区域人们在长期社会实践中创造的与运河密切相关的物质的和精神的财富的总和，运河文化遗产就是这些物质的和精神的财富的遗存，它是被传承守护至今的珍贵文化宝库，是运河文化的重要的内容，也是了解中国大运河和运河区域历史文化的基础。

运河文化遗产大体可以分为两种，一种是物质文化遗产，也叫有形文化遗产，是指有文化价值、历史价值的至今仍有实物留存的运河水工遗存、文化遗址等。另一种是非物质文化遗产，也叫无形文化遗产，是指与运河有关或因运河而形成的具有较高历史和艺术价值的戏剧、音乐、舞蹈、工艺、技术等，还包括运河开挖、河道管理及航运管理方面的规范制度等。非物质文化遗产，不是说这种文化遗产完全没有物质的依托，而是说它的文化意义不能够主要或全部体现在某种物化的载体上。这种非物质的文化遗产，是通过掌握某项技能的人或团体来传承和体现的。所以，非物质文化遗产的确定和保护，往往是把无形的技艺和掌握技艺的人联系在一起的。前文论述的运河文化遗产是广义的运河文化遗产，狭义的运河文化遗产则专门指物质文化遗产。这次申报中国大运河世界文化遗产，便是狭义上的文化遗产。[1]

中国大运河世界文化遗产有如下几个特点：

1. 中国大运河文化遗产是一条叠加的文化线路

20世纪末，国外学者提出了"文化线路"的概念，2008年，国际古迹遗址理事会通过了《文化线路宪章》[2]，将"文化线路"作为一种新的遗产类型纳入了《世界遗产名录》。简单地说，"文化线路"是指线性或带状区域内的文化遗产族群。在这里，我们要关注两个要素：其一，文化遗产呈线性或带状分布，是一个文化长廊。其二，它不是单一的文化现象，而是一个文化族群，是一种叠加的、层累的文化积淀。中国长城、丝绸之路是文化线路，大运河也是文化线路。从保护的角度看，文化线路越长，保护的难度越大。

2. 大运河文化遗产点分散，所处自然和社会环境变化很大

中国大运河文化遗产包括各种不同的水体、水工、建筑，遗产点之间不相连接，许多遗产点已经改变了它所产生的自然及人文社会环境，而存在于人们的生产区、生活区内。非运河文化的因素时常会渗入、干扰运河文化遗产的保护传承。如2012年十大考古发现之一的聊城梁水镇土桥闸，不仅全无河道，而且处于荒野农田之中，完全失去了当年的功用，这无疑会增加保护的难度。

---

[1] 列入《世界遗产名录》的中国大运河文化遗产包括27段河段和58个遗产点，共85个遗产要素。其中运河水工遗存（包括运河河道、与运河直接连接的湖泊）63处；运河附属遗存（保障运河运行的配套设施、管理设施）9处；运河相关遗产（与运河文化意义密切相连的相关古建筑群、历史文化街区）12处；综合遗存（由多处河道、水工设施、相关古建筑群或遗址组成的文化遗存）1处。

[2] 关于《文化线路宪章》的基本内容，请参见王云霞主编《文化遗产法教程》第336-337页，商务印书馆，2012。

3. 各遗产点的构成差异大，保护方法差别也大

有些遗产点可观赏性强，如南方的历史文化街区。而有些遗产点可观赏性差，如北方的河道、船闸。观赏性强的遗产点，易于受现代审美观念及市场需求的影响而改变其内涵，观赏性差的遗产点则因不受重视而失修损坏。

因为中国大运河文化遗产与其他文化遗产的构成要素不同，存在状态不同，所以在保护运河文化遗产方面，也要采取不同的措施，应注意的问题有以下几个：

1. 统一规划

运河文化遗产分布于北京、天津、河北、山东、江苏、浙江、河南、安徽8个省市、25个地市，遗产点河道上千公里，分布线路长度3000公里以上。所以，运河文化遗产保护必须统一规划、协调一致，否则会影响它的整体性。

2. 提高民众的保护意识

运河文化遗产点和现代生产区域、生活区域错杂分布，不便于对文化遗产的保护，但却可以提高区域文化品位，优化文化环境。事实上，将运河文化遗产点和其他区域完全分离，也是不可能的事情。关键在于使广大民众认识到运河文化遗产的价值，自觉地加以保护、维护和传承。

3. 在保护的基础上开发利用

提到世界文化遗产，人们便会和地方旅游业结合起来。但是我们要切记：首先要做好保护工作，在不损害文化遗产的真实性、完整性的基础上进行旅游文化开发，务必避免重开发轻保护的做法，更不能迎合某种潮流而损害、改变遗产点的历史文化内涵。

运河文化遗产价值的认定，目前大家的看法是一致的。运河文化遗产的特点，社会各界也有清楚的认识。但是，如何保护、利用运河文化遗产，特别是申遗成功后，怎样进一步对运河文化遗产进行研究、清理、修整、保护、开发、利用，这些问题应该引起社会各界的高度重视，我们应该从新的视角、新的高度看待运

河文化遗产，进一步提高沿线民众的文化遗产保护意识，把运河文化遗产保护作为一项长期工作，探寻出一条运河文化遗产保护的可持续发展的新路子。

明清时期运河文献著作述论

王云

明清时期关于运河的专门著作约有上百种之多，其内容涉及至黄运关系及治黄通运的理论理念、运河开挖挑浚、河道工程建设维护、运河区域水文水系、漕运及其管理体制、运河交通及经济发展、运河区域生态环境等诸多方面，是当代研究明清大运河的主要资料来源。这些著作点校整理者占少数，被几种大型丛书影印者较多，尚有一部分庋藏于书库，至今尚未被研究利用。本文对此类文献著作的渊源、内容及整理情况做简要评论说明。

一

我国最早的运河开挖于春秋战国时期，此后历代皇朝都十分重视运河的开挖维护及河道工程建设。与此同时，记述河道流向、治水防洪、开渠灌溉等内容的文章著作相继出现。东周时期的古籍中偶有关于河道水利方面的记载，均不甚系统。最早系统记述我国历史上河运水道的著作是约成书于战国时期的《尚书·禹贡》篇。《禹贡》是古代地理类著作的专篇，其中只是附带记载了当时几条主要河流。西汉武帝时司马迁所著的《史记·河渠书》，是我国历史上最早的河道水文方面的专篇。东汉班固撰《汉书》，依《史记》体例作《沟洫志》，也是水利史的名篇。二者所记多为自然河道，涉及运河者甚少。但所记开渠灌溉、水道航运、治河防洪方面的理论及实践，对于运河的开挖维护具有重要意义。大约公元三世纪前期，我国出现了河道水系方面的专门著作，这就是成书于汉魏之际的《水经》[1]。《水经》记百余条水道，全篇不足万字，内容相当简略，没讲清楚水道的源流走向。过了近三百年，北魏郦道元以《水经》所记水道为纲，经过实地考察，参阅数百

---

[1]　《水经》的作者和成书年代说法不一。《隋书·经籍志》《旧唐书·经籍志》均不书撰者，仅题郭璞注。《新唐书·艺文志》题作者为桑钦，又作郭璞。清代学者全祖望等认为《水经》成书于三国时期，作者亦无从考证。

种图书典籍，写成《水经注》一书，这是我国历史上第一部真正的水文地理著作。其中对于运河等人工河道亦有记载，但仍比较简略。

隋代北起涿郡（今北京市）南达余杭（今浙江杭州市）的大运河全线贯通，水利事业也有了较大发展，但是整个隋唐时期，不仅没有出现河道水利方面的专门著作，诸种正史中也没有设立《沟洫志》《河渠志》等专篇，只是在某些史书、地理书中零星地记载有关河道水运方面的内容。出现这种局面的原因，一方面是因为当时黄河、淮河水患少，为害不大，故关于治河防洪方面的议论不多；另一方面也与唐代士风虚玄夸肆[1]，不甚关注社会现实问题有一定的关系。两宋时期，黄患加重，东南农业经济快速发展，于是有关黄河治理和东南地区河道水利方面的专门著作出现了，如沈立的《河防通议》述治理黄河的方法，单锷的《吴中水利书》述太湖水利，魏岘的《四明它山水利备览》记浙东它山堰水利等[2]，其中多有与运河相关的内容。但是这个时期还没有出现关于运河的专门著作。

元代大运河改变了隋唐运河河道的迂远走向，由北京过今河北省后，直接穿越山东西部进入江苏，而后达于浙江，河道里程大大缩短，但河道开挖、维护与管理的难度大大增加。北京地理位置偏北，并非重要农业区，京师粮食及其他物资供应主要依赖东南地区。元代试图开辟陆路与海上漕粮运输通道，结果均遭挫折，故致力于开挖运河，由运河向京城运输漕粮。尽管当时运河漕运没有取得明显成效，但元朝在这方面投入的精力远远超过了此前的任何朝代。正是在这样的情况下，与运河有关的水文水利方面的专门著作出现了。长期担任政府水利官员

---

[1]　章太炎以为唐代士风学风习于夸肆，故多微词。参见章太炎《检论》。又萧公权说，唐朝帝王以姓李而尊老子，崇玄学，以《老》《庄》取士，天子自为教主，而道士或列朝班，故唐代学风，虚玄而不务实际。参见萧公权《中国政治思想史》第860页，辽宁教育出版社，1998.

[2]　沈立撰《河防通议》，见《宋史·艺文志》及本传，此书今佚，其主要内容保存于元代沙克什的《河防通议》中。单锷、魏岘之书见《四库全书·地理类》。

的任仁发撰写《水利集》（又名《浙西水利议答录》）记录了太湖流域河道水利状况，总结了开挖通惠河、会通河及其他河道的技术方法及水利思想。元代黄河时常泛滥，不仅危及国计民生，而且对运河造成极大破坏，治河保运成为国家大计。沙克什搜集宋金时期治理黄河的资料编成《河防通议》，王喜《治河图略》记述了宋、金至元代治理黄河的大事，欧阳玄《至正河防记》专记元末贾鲁治理黄河事[1]。其中涉及京杭运河的史料甚多。

明清两代，京城所需南方漕粮及其他物资，全靠运河输送。故疏河通漕、治黄保运成为国家头等大事。政府分设高级官僚机构驻守沿运各地，负责治黄通运、督运漕粮。沿运河各府、州、县行政长官之下，均设有管理运河的专门官职。这些河务、漕运官员经常向上级乃至皇帝反映河道运输方面的情况，随时准备接受上级部门的相关咨询。因此高级河务官员纷纷聘请通晓水利的专家为幕僚，搜集整理与运河相关的历史资料和档案材料，及时总结开挖管理运河的经验教训。他们将这些资料编次成书，付梓印行，于是以治黄保运、疏河通漕为主要内容的专门著作大量出现。粗略统计，明清两代的水利著作流传至今者不下三四百种，其中与运河直接相关的也有上百种之多。按照体裁和编写体例划分，这些与运河相关的古籍可分作记述、考论、奏议、图说、专志、档案汇编等几个类型。按照著述内容划分，又可分作治黄保运、河道工程、漕运交通等三个类型。内容涉及治河治水的理论理念、运河河道开挖挑浚、运河工程建设维护、黄河与运河关系的理论和实践、运河区域水系水文、漕运及其管理体制、运河交通及经济发展、运河区域生态环境、民风民俗、社会状况，等等。

---

[1]　任仁发《水利集》未见元刻本，《四库全书存目丛书》所收乃明抄本。《河防通议》《治河图略》久佚，清修《四库全书》时从《永乐大典》中辑出。《至正河防记》版本甚多，除被收入欧阳玄《圭斋文集》外，现常见的有《学海类编》本、民国《水利珍本丛书》校勘本等。

二

在与运河有关的专门著作中，治黄保运方面的著作数量最多。

明清时期，自北京至宁波的大运河穿越五大水系[1]。五大水系中，黄河与运河的关系最为错综复杂：徐州至淮安间，一度"借黄行运"。黄河下游日益淤高，对清口（运河入淮河、黄河之口）及淮扬运河的威胁日益增大。山东段运河水源缺乏，黄河可为之补充水源；但黄河夏秋之季经常泛滥，又会冲毁和淤塞运河。运河对黄河的依赖及二者之间的矛盾，始终困扰着古人，成为一个难解的纽结。明清时期对黄河的治理，主要集中在两个方面：一是着力防范、堵塞黄河在河南山东至苏北一线决口，使之免于侵害山东段运河。二是着力治理清口及黄河下游河道，使黄河免于侵害淮扬运河。

明代前期黄河时常在开封、商丘间决口，东北汇流至张秋（今阳谷县张秋镇）一带，冲毁运河堤岸，淤塞河道。徐有贞、刘大夏等主持治理，在黄河决口处堵决筑堤，弘治以后，黄河泛滥对张秋运河的威胁大体解除。此后，黄泛之水多流向鲁西南，淤塞济宁以南至徐州一段运河。明后期开南阳新河、迦河，废弃昭阳湖西岸河道，使运河改行湖东岸，避开了黄河的侵害。徐州至淮安一段运河，明代称为中运河，或简称中河，原为泗水、淮水河道，黄河夺泗、淮以后，运河先是自徐州入黄河东行，迦河开通后则自宿迁东入黄河东行，是谓"借黄行运"。黄河夺清口入淮，使之成为三河交汇口，工程至为险要。黄河挟带大量泥沙东流，造成入海口与清口淤塞，河身抬高，黄河倒灌运河，淤积河道，虽屡经修治，但效果并不明显。万历初年，总理河道潘季驯加固洪泽湖东岸的高家堰大堤，将黄河之水导入洪泽湖，而后使之尽出清口，束水以攻沙，同时设闸放水入于东南部运河沿岸诸湖中，从而避免了清口的溃决和淤塞。洪泽湖水进入宝应、高邮诸湖，

---

[1]　自南至北，运河过宁波穿钱塘江，至苏南穿越长江，至苏北穿越淮河与黄河，至天津附近穿越海河，海河元明时期称谓不一，明末至清初方有是称。

使得湖水面积急剧扩大，后在湖边开河行船，从此南河畅通。在这样的社会条件下，明代出现了许多治黄防洪方面的著作，其内容大都是先论治理黄河，而后谈疏通运河，主旨在于通运保漕。嘉靖年间刘天和任职总理河道，著《问水集》，作者集自己多年的议论、奏疏为一书，通论治理黄河疏通运河的方法，对预防黄河决口及济宁至徐州间运河河道设施建设多有论述和记载。万历初年万恭任职总理河道时著《治水筌蹄》，篇幅虽然不长，但内容涉及黄运河工、航运管理、漕运管理、黄河河道、运河河道、治河理论等诸多方面，乃明代治黄通运的重要著作。成书于万历年间的治河名臣潘季驯的《河防一览》乃河工方面的专门著作，内容包括黄河与运河河道走向设施、治理黄河理念、险要工程、修守事宜、黄河运河工程的各种奏疏及前人治理黄河的议论文章等。书中提出"束水攻沙"的治河理论，即提高淮河水位，加大其流速，使清水挟带黄河泥沙入海。此为潘氏一生治河治运的经验总结，乃中国治河史上之创举，为明清治黄者所遵行。此外，李化龙的《治河奏疏》、潘凤梧的《治河管见》、黄克缵的《古今疏治黄河全书》等也是治黄保运方面的重要著作。

明清鼎革，社会动荡，运河失修，至清初黄河泛滥的事情又经常发生，顺治年间，黄河多次决口，侵害济宁南北的运河河道。黄泛之水亦流向东北，冲毁张秋运河堤防。此后黄河水患不断，山东段运河常受侵害。康熙年间，河督靳辅先开皂河、支河，又由骆马湖向东南傍黄河筑堤开河，直至清河县（今江苏淮安）西，使运河与黄河完全分离，改变自元代以来借黄行运的局面。于成龙、张鹏翮等人担任河督时，又对中河进行疏浚改建，使之更易于通行。清代几位著名河臣都著有治黄保运的著作。靳辅撰《治河方略》，记述黄、淮、运水系河道历史变迁、治黄理论及时黄淮运交汇河口的治理过程及方法等。靳辅又有《治河奏绩书》，考证川泽、河道、河决、漕运、职官，记载修防汛地、建造闸坝的方法、规制及工料等，颇具应用价值。张霭生追述靳辅幕僚陈潢的言论写成《河防述言》，系统总结治黄保运的理论方法，足与靳辅之书相发明。张鹏翮的《治河全书》《张公奏议》收录上谕奏章及其他文章，记载运河、黄河、淮河的源头、水泉、堤坝、防汛等，是清代治黄通运的又一重要著作。此外，嵇曾筠的《防河奏议》、崔维雅的《河防刍议》、朱之锡的《河防疏略》、张希良的《河防志》、薛凤祚《两河清汇》等都属这方面的著作。此类著作，多为辑录治河重臣名家奏疏编成，间有作者的议论文章及治河疏运过程的记述。

三

在运河河道工程方面，综记南北河道的著作较少，分记各个河段的著作最多。

明弘治年间王琼写成的《漕河图志》，是现存运河专志中较早的一种。该书记述长江以北至北京间运河，由运河图、河工记事和文献资料等部分组成，记事部分内容包括运河工程、河道通航情况、各河段历史、漕运管理制度等，文献部分收录奏议、碑记和诗赋。清代车玺撰有《漕河总考》，全书仅四卷，内容较为简略。雍正初年傅泽洪编纂的《行水金鉴》，是一部大型的长江及其以北主要河道水运的综合性著作，其中运河所占分量不小。凡记运河历史、河道工程、航运情况、漕运管理等，记事时限自上古至康熙朝。摘引古籍、史书、方志、实录及名臣奏议等凡370余种，所引文献，均注明出处来源，资料十分丰富，使用甚为方便。道光年间黎世序、潘锡恩编成《续行水金鉴》，其记运河，先述水道原委，次述与运河有关的奏疏书牍，再记运河工程，附记与运河有关的自然河道。记事起雍正朝，至嘉庆朝。近年中国水利电力科学研究院水利史研究室整理出版的《再续行水金鉴》[1]，记道光宣统朝事，取材更为广泛，史料也更加丰富。另外，清代齐召南《水道提纲》、胡宣庆《水道源流》、郭启元《介石堂水鉴》、

---

[1] 该书由湖北人民出版社2004年出版，共十六卷（册），其中黄河卷七，长江卷二，淮河卷一，永定河卷一，运河卷五。

盛百二《问水漫录》等，虽非运河方面的专门著作，但记述南北大运河河道、运河工程及相关事件，详实有据，颇具史料价值。

明清时期，分记运河各河段的著作甚多，且不乏名著。凡运河河道走向变迁、闸坝湖泊水源、河道挑挖工程、河道航运管理机构及制度、与运河相关的自然河道及水利设施等皆有记述。当时运河方面的专书大都是实用性的书籍，乃水利官员们书写章奏、发表议论、接受咨询时的参考书和资料书。这些书多系主管运河河道的官员招聘幕僚等人编辑撰写。明代中央派员对运河分段管理，清代则直接设置南河、东河、北河三总督，管理各段河道河务，他们组织编写的运河河道工程书籍，一般仅限于自己所辖河段内。所以成明清时期分记运河各河段的著作多，而且哪段河道工程量大、地位重要，哪段河道的相关书籍就多些。明清时期，大运河各段均有专称，在水文地理、工程设施、河道管理等方面也各有不同的特点。京城至通州段运河称通惠河，元代郭守敬主持开挖，明代堙废，通州至京城，米粮皆陆运。嘉靖年间吴仲为直隶巡按御史，奏请重开此河，数月功成，撰有《通惠河志》。后来通惠河又堙废，故此段运河专书不多。通州至天津段运河明清时或称潞河，但一般称北运河，是大运河最北端的河段。天津至临清段运河称卫运河，亦称作南运河。这两段运河均系利用自然河道修整而成，船闸堰坝等工程较少，因而专书亦不多。但其地近于京畿，水系与直隶境内诸自然河道相连，故颇受京城水利官员关注。综合记述京畿河道水利的著作中，运河河道工程均占有较大的分量，此类书清代尤多。如陈仪《直隶河渠志》、吴邦庆《畿辅河道水利丛书》、潘锡恩《畿辅水利四案》、唐鉴《畿辅水利备览》、王履泰《畿辅安澜志》等。临清以南山东境内的运河，其中济宁南鲁桥（今微山县鲁桥镇）至临清段乃元代开挖，元世祖赐名为会通河，其名称沿用至明清。鲁桥以南的运河，常受黄河泛滥侵害。为避黄保运，明后期乃将运河河道由昭阳湖西移至湖东，相继开挖南阳新河、迦河。清代，山东境内的这几段运河通称鲁运河，或称山东运河，亦简称东河。山东运河最突出的特点是，船闸密集，故又被称为闸河。这段运河水源匮乏，多靠泉水补给，故亦被称作泉河。这是大运河水量最小的河段，也是维护管理最困难的河段，因此有关这段运河的专门著作较多。明代胡瓒有《泉河史》，乃作者分司南旺时据《河志》《闸河考》《泉河志》等书删削增补而成，对于河道、湖泊、闸坝、泉源、河务管理等均有记载。明后期谢肇淛分司张秋，撰《北河纪》，分河程、河源、河工、河防、河臣、河政、河议、河灵八篇，所集资料，十分完备。谢氏其人博学广识，所记史事多确当有据，加上大量收录当时名流学者的奏疏文章，故此书有较高的史料价值，是研究明代山东运河的重要资料书。此外，明代关于山东运河的专书还有王宠的《东泉志》、游季勋的《新河成疏》等。清代关于山东运河的专书更多，比较著名的如康熙年间叶方恒撰成的《山东全河备考》，记山东河防及运河兴废之事。乾隆年间陆耀辑成的《山东运河备览》，博采各种文献，辑录档案资料，内容最称完备。此外还有阎廷谟《北河续记》、张伯行《居济一得》、黄春圃《山东运河图说》、俞正燮《会通河水道记》、陈梦鹤《济宁闸河类考》等。今苏北徐州（邳州）至淮安的中运河，明代以徐州附近的徐州、吕梁二洪最为险要。明代设分司管理过洪事宜，嘉靖年间冯世雍撰《吕梁洪志》记述其事。淮安南至长江间的运河为邗沟故道，当时称淮扬运河、里运河，亦称南河，黄河对其扰害亦甚为严重。黄河挟带大量泥沙东流，入海口与清口时常淤塞，河身不断抬高，黄河倒灌运河，淤积河道，屡经修治，卒无效果。清代设江南河道总督于清江浦（今淮安市清江浦区），设漕运总督于淮安（今淮安市楚州区），足以说明此地在运河交通中位置之显要。因此，有关中运河与淮扬运河的专门著作也很多。明末朱国盛以工部郎中管理南河，著《南河志》，其后任徐标续纂成书。书名曰“志”，但体例与史志、方志均不相同，乃南河河工、河务方面的档案资料汇编。作者在选编资料时，大都照录原文，未加修整改撰，故书中保存了大量第一手材料。明末张国维编有《吴中水利全书》，其中涉及运河的资料不少。清代这方面的著作更多，如徐庭曾《邗沟故道历代变迁图说》、袁青绶《南河编年纪要》、冯道立《淮扬水利图说》、刘文淇《扬州水道记》等均记南河河道水利事宜。国家图书馆藏清刻本《南河成案》，编辑雍正、乾隆年间有关南河的上谕奏疏及河工、河务方面的档案资料成书，全书54卷，内容详备，史料十分丰富。又《南河成案续编》述乾隆末年至嘉庆二十四年事。长江以南河道纵横，水量丰富，水运发达，除镇江至丹阳段运河时有淤阻外，其他运河河段均甚通畅，故明清时期专记江南运河河道河务的著作不多。清后期，苏南一带地方官员十分重视兴修水利，疏浚河道，运河的修治维护倍受重视，因而先后出现了据治水档案编撰而成的记述江浙水利工程建设情况的几部著作，主要有陈銮《重浚江南水利全书》、陶澍《江苏水利全书图说》、李庆云《江苏水利图说》《续汇江苏水利全案》等，民国初年，又有秦绶章《江南水利志》、武同举《江苏水利全书》，其中载录大量原始资料，对研究江浙至一带运河修治，具有重要价值。

四

漕运及运河交通方面的著作在运河专书中占有较大的分量。

水路运输经济省力，成本低且有保障，所以自秦汉以后，我国历代皇朝大都通过自然水道和人工运河向京城或边地运送米粮，这就是所谓漕运。元代以后，国家建都北京，而经济重心却在东南，京城官兵民众所需米粮及其他物资均需南方补给，因此需要建立一个可靠的南北粮食运输线。海运风险大，陆运无保障，元政府经过艰难的抉择，最终选择了河道运输，为明清政府漕粮运输积累了经验。明政府把运河漕运看作是"国家命脉攸关"[1]，清康熙皇帝亲政后，曾把三藩、河务、漕运看作是"三大事""书宫中柱上"[2]。故康有为曰："漕运之制，

---

[1] 《明史》卷六九《河漕志》。

[2] 《清史稿》卷二九七《靳辅传》。

为中国大政。"[1]漕运是一项十分复杂的国家经济行为,包括漕粮的摊派征收、交兑运输、航运管理、检验入仓、河道漕运仓储管理机构、漕船漕帮,等等。政府为此制定了许多管理章程制度,积累了大量处理实际事务的事例。为了及时处理可能出现的各种问题,明代漕运主管部门便将这些制度规定汇编成册,以便检阅。清代政府更做出规定,每十年进行一次修订汇纂。明清政府经营运河的主要目的是运送漕粮,运河实乃漕运的载体,所以有关漕运的书籍当属运河研究的重要内容。

明代有关漕运的书籍,较著名的是邵宝的《漕政举要》。邵宝正德间任右副都御史,总督漕运,此书即当时所作。内容首记河道管理,次记漕船、粮仓、漕丁、运输过程,又记述漕运官制、与漕运相关的重大事件,另外对古今漕运情况进行了研究考证。嘉靖年间,杨宏任指挥使署都督同知,总理漕运,因嫌原来的《漕运志》过于简略,乃聘请幕僚,采录群书,考证漕运古今沿革,作《漕运通志》,以图表、文献两种形式记述与漕运相关的制度史事,内容包括河道、官职、漕运兵丁、漕船、漕仓、漕粮数额,同时纂集漕运事例、有关漕运的奏疏文章等。此外,谢纯的《漕运通志》、王在晋编辑的《通漕类编》、席书的《漕船志》、杨鸿的《漕运录》等,也都是关于漕运的专书。清代有关漕运的著作也很多,其中内容最详细完备的是户部编辑的《漕运全书》。它是关于漕运法规制度及相关史事案例的汇编,因经常修订补充,所以愈是晚出者内容愈丰富。北京图书馆出版社 2004 年影印出版的《清代漕运全书》乃光绪年间载龄等人主持修纂,内容包括漕粮征收、运输及交仓,漕运官制与船制,漕运兵丁及屯田、漕运河道疏浚管理、清后期漕运改制等等,在同类书籍中内容最称完备。乾隆年间,漕运总督杨锡绂以《漕运全书》卷帙浩繁,不便刊刻使用,于是派人校核《全书》,删繁就简,增补缺漏,编成《漕运则例纂》,其内容范围大体与《漕运全书》相同但较《全书》简略,乃《全书》的简编本。此外,清代关于漕运的专书还有董讷的

---

[1]　《康有为政论集》上册第 354 页,中华书局,1981。

《督漕疏草》、户部编辑的《漕运议单》、曹溶的《明漕运志》等。咸丰年间董恂撰《江北运程》，记有运河水路里程及闸坝形制位置，道光年间李钧撰《转漕日记》，对于与漕运相关的具体事务记述甚为生动详细。

五

有关运河的百余种专门著作有的已经整理出版，有的已影印出版，但未重新出版者尚多。

已整理出版的有关运河的专书数量不多，发行量也不大。二十世纪二三十年代，商务印书馆印行"万有文库"丛书，在《国学基本丛书》中收录了《行水金鉴》《续行水金鉴》，且予句读，进行了初步整理。1936到1937年，南京中国水利工程学会编印出版了《中国水利珍本丛书》，点校排印了11种元代以来的水利著作，包括元代沙克什的《河防通议》、欧阳玄的《至正河防记》，明代潘季驯的《河防一览》、刘天和的《问水集》，清代靳辅的《治河方略》、汪胡桢的《清代河臣传》等，均为著名的有关运河的专书。1985年水利电力出版社整理出版了万恭的《治水筌蹄》，1990年整理出版了王琼的《漕河图志》。经过标点整理出版的古籍较少讹误，便于阅读和使用。但是以上这些书，或因出版较早，或因印量不大，目前一般图书馆都无收藏，不从事专门研究的社会读者已难寓目。

近年几部大型丛书中影印出版了不少关于运河方面的古籍著作。上海古籍出版社出版的《续修四库全书》、齐鲁书社出版的《四库全书存目丛书》、北京出版社出版的《四库未收书辑刊》、线装书局出版的《中华山水志丛刊》、广陵书社出版的《中国水利志丛刊》、北京图书馆出版社出版的《北京图书馆古籍珍本丛刊》、海南出版社出版的《故宫珍本丛刊》等，收录的关于京杭运河的专门著作不下四五十种。1969年台湾文海出版社影印出版《中国水利要籍丛编》，收录水利方面的古籍91部，其中许多是关于运河的著作。另外，近年还有些出版社单部影印了有关运河的古籍，如北京图书馆出版社影印了载龄等人编写的《清代漕运全书》，天津古籍出版社影印了张鹏翮的《治河全书》等。大体说来，目前已经影印出版的关于运河的古籍文献大概占其总数的三分之一以上。影印出版的古籍大都选用最好的底本照原版翻印，不加任何整理说明，这对于研究者来说固然是件好事，可以避免整理、排印过程中造成的错讹和误识，但对于一般读者来说，阅读起来便感困难，而且这几部丛书印量都不大，也使得运河古籍难以普及。

从总体上来看，与运河有关的重要古籍大都已经整理出版或影印出版，但是目前仍有一些作为珍善本书藏于各大图书馆中。如明代潘季驯的《总理河漕奏疏》、张桥的《泉河志》、吴道南《河渠志》、佘毅中辑的《宸断两河大工录》、清代户部编印的《漕运议单》、张鹏翮的《张公奏议》、康文河的《漕河驳辩》、尚诚的《清季黄运两河工程备览》等。关心运河、想了解运河历史的一般读者没有必要去读这些书籍，但是对于专门从事运河与相关研究的人们来说，其价值依然是重大的。

我们一方面应该努力搜求那些散藏于各地图书馆中的关于运河的历史著作，使用现代传播手段，让它们走出书库，进入民间社会，以方便研究运河与关注运河的人们阅读。另一方面，目前绝大多数运河文献未经整理、校勘，它们或多或少存在卷帙残缺、书版漫漶、文字错讹、编目淆乱、难以检索等问题，从事古籍整理、水利史研究特别是运河史研究的学者应择其重要者校勘、标点或撰写书目提要，介绍作者生平、写作背景、揭示其史料价值，以方便人们使用。

湖墅八景，梦与诗的美妙重现

孙侃

何谓"湖墅八景"？从遗存来看，"湖墅八景"为明代书家王布范的赏题，说明此八景至少在明代已基本形成。它是千百年间形成于运河南端沿岸的最美丽、最典型的文化特色景点，与形成于南宋时期的"西湖十景"有得一拼：夹城夜月、陡门春涨、半道春红、西山晚翠、花圃闻莺、皋亭积雪、江桥暮雨、白荡烟村。幸甚至哉，直到现在，这些景点基本上仍在拱墅辖区的范围内。

有关"湖墅八景"的来由，可以分别简述如下：

夹城夜月

"夹城"之谓，往往是指两边筑有高墙的通道，防卫和遮蔽是它的主要功能。《新五代史·唐太祖家人传·唐神闵敬皇后刘氏》有"庄宗攻梁军于夹城"句，而《旧唐书玄宗纪上》则有"遣范安及于长安广万花楼，筑夹城至芙蓉园"。关于湖墅夹城巷之夹城，据传或由吴越国钱王所筑，或由元末总兵杨完为抵挡张士诚所筑。如今夹城早已不存，但河道依在，巷陌格局依在，老德胜桥也仍在老位置。明代田汝成所编《西湖游览志》有"夹城巷，东通递运所，四达之衢，市廛殷阜，肩摩踵接"的说法，说明此地一度商贸繁盛，人流庞杂。《西湖游览志》又把"夹城夜月"列为"湖墅八景"之首，大概是因为在湖墅诸景中，其知名度之高、前去观赏者之众远胜于它者。农历中秋，每临夜深，在夹城巷东面运河畔驻足观月，可见月亮从德胜桥后缓缓升起，犹如月在桥上行。明代章文昭《五律》中的"潮落月东出，清光满夹城"，即是这秋夜夹城运河边潮落月出景象的生动描述。从章文昭的诗中，亦可知当时的运河还受潮水涨落影响。明代王洪《卜算子·夹城夜月》中也有"孤月泛江秋，露下高城静。期着佳人夜不来，坐转霜梧影"之句，不无浪漫，但又显一丝凄然。没错，在诗词中，月亮这一意象常与女性有关，与遥思有关，与爱情有关，但月圆又象征亲友团聚，并非一味与愁情别绪瓜葛。

如今，夹城巷运河西岸已是一片绿地，且专门建有亭子。月圆之时静坐此地，可闻得四周迟桂花的馨香，可感受飘自运河河面的淡淡夜雾。明月倚桥而栖，城市灯火渐次眠去，你忽然会涌上附庸风雅、吟诵诗文的美妙冲动。

陡门春涨

陡门亦即"斗门"，是指灌溉渠系中的配水渠首部位的进水口门。《宋史·河渠志一》云："其分水河，量其远迹，作为斗门，启闭随时，务乎均济。"《宋志》称昭庆寺后为九曲下湖，旧有二斗门、玉壶水口与中闸，而后又开了一条新河（即今古新河），成为西湖与运河相通的河道，玉壶之水遂向南移，为圣堂闸（又作圣塘闸）。第一道陡门在圣堂闸附近，第二道陡门则在鱼塘巷（今余塘巷）。《西湖游览志》云："鱼塘巷，自霍山坊而下，有上下陡门，泄清湖河水。"陡门春涨，说的便是每到春天多雨季节，西湖水满溢，陡门开闸放水泄水，湍急的水流进入河道，致河水猛涨的情形。明代王洪《卜算子·陡门春涨》中"惊雪喷高崖，雷响青天晓，刚道吴胥驾海来，势压沧溟小"、明代聂大年《临江仙·陡门春涨》中"夜来春涨崩奔，惊涛拍岸撼昆仑"等诗句，都描写这陡门外河水猛涨，浪击两岸的壮观景象，极有气势，当然也不无夸张。

如今，站在古新河边，虽然无法看到惊涛拍岸的气势，但春天时两岸的浓绿十分醉人，河道里的水也十分清澈。这几年，"五水共治"的成果在拱墅非常明显地体现出来。沿着古新河散步绝对有一种在天堂里游走的享受，这可以从越来越多的市民迷上古新河畔步行、健身中得以印证。对了，沿古新河自南往北，猪圈坝遗址、清河闸遗址、新河坝遗址均在沿途，只是如今它们已一一融入这片沁人心脾的绿色之中。

半道春红

《吴越备史》有注曰："半道红在北郊，旧植桃花之所，凡数里。"《西湖游览志》载："半道红，相传旧时夹路栽桃花，故名。俗讹为半塘洪。"说明自北关门外官道两侧确曾栽有桃树无数。明代王洪《卜算子·半道春红》有词云："宿雨涨春流，晓日红千树，几度寻芳载酒来，自与春风遇。"又可知这一景点与当年的文人墨客的诗酒酬唱有关。不过，在民间，有关"半道春红"的来历又有另外两种截然不同的说法，一说是此地街巷有多爿铁匠铺，夜晚时分，铁锤锻打下的铁器迸发出无数四溅的火星，如同星雨般飞起又落下，便有"半道红雨"之称，后又讹为"半道春红"；二说是与北宋年间宋江军队征讨方腊的战争有关。宋江军队在追击逃敌时，从临安城内一路杀来，在此地杀敌多多，致使鲜血把石板路都染得通红，遂得其名。但在笔者看来，后两种说法都不如前者可信、可接受，郊野外、运河畔，哪能少了艳丽、缤纷、优雅、娇媚和婀娜的风姿呢？何况这"桃红千树"的绚烂，与西湖边杨柳飞絮的曼妙是个绝配。

如今的半道红一带已融入市中心区，桃树也已无从寻觅，但2007年实施湖墅路改造工程时，已在运河边恢复了"半道春红"这一景观：有雕塑墙一面，上有昔时景象；另有若干配套雕塑，说的都是与春天、桃花、诗酒有关的物事，一切自然是以今人的想象去复原当年的那份美丽了。你应该选择一个阳光灿烂的春日，从繁华的半道红街区走过，向东循入运河的草树、绿地，在这里，喧嚣顿时退去，浓重的春意把你裹紧。春风沉醉，万物生长，还有什么超乎想象的浪漫故事不会发生呢？

西山晚翠

"一抹夕阳低远树，分明翠敛西山，苍苍松桧锁禅关。疏钟残磬里，倦鸟亦知还。"这是明代聂大年《临江仙·西山晚翠》中的句子。"西山"，是指今西湖边栖霞岭以及湖西之老和山、北高峰等山脉。据清光绪年间高鹏年所著《湖墅小志》载："河塍上（今大兜路一带）附近的北新关一面临水，入晚，远眺西山，苍茫云水之间，就如一幅图画，有青翠悠远之意趣，故'西山晚翠'又称'河塍晚翠'。"北新关即今大关附近。能站在一片空旷之上尽情远眺当然美妙至极，从北新关一直远眺至10公里之外的西湖之西，欣赏那一带远山葱茏青翠、云遮雾绕或风拂日照的奇景，自然是古人一项舒展身心、抒发胸臆的美事。只是如今这一条直线上已经有了不知多少幢楼厦，你只能站在大关附近最高的楼宇顶部，方有一睹隐于雾霭之中的那带远山的可能。"斜日照疏帘，雨歇青山暮，白鸟鸣边一半开，香蔼和烟度。"（明·王洪《卜算子·西山晚翠》）黄昏时分青山朦胧、平湖绰约、云水苍茫，一幅美丽的西山晚景图徐徐展开……这样的景致已经遥远。

但笔者依然认为，如今，夕阳西下之时，若你站在横跨运河的大关桥东北堍，向西极目，马路尽处、楼厦丛中，那被晚霞染红了的西天，那如同无数彩练的绮丽晚云，仍然拥有惊心动魄的美。若你沿着今丽水路信步北行，眼光始终不离西沉的落日，透过片片绿树，听着运河流水，你的目光似乎仍能飞越河西的明真宫旧址、余杭塘、白荡海……一直栖息于伸入城区的宝石山、灵峰山、秦亭山。西湖山水与运河两岸本来就遥相呼应、相得益彰。

花圃啼莺

据《西湖游览志》记载："东西马塍，在溜水桥北，以河分界，并河而东抵北关外，为东马塍；河之西，上泥桥、下泥桥至西隐桥，为西马塍。""塍"意即田间小路。这一带，应是北关门（武林门）西、今西湖区西溪街道马塍路地区，其区域范围或许还更大些。相传吴越时，这里就已有了"马塍"这一地名，源自钱王曾在这里牧马。《梦粱录》载："其马蕃息至盛，号为'马海'。"即此地成为养马基地时，马匹的数量极多，达三万多匹。养马之地何以成为花卉种植基地？明代田汝成、清人魏标与高鹏年对此均解释道："田之塍土细敏树，杭城花卉于此出焉。"即因为这里的土质湿润肥沃，有利于树木生长，所以成为遍地是花的花圃。那么这湿润肥沃除了这一带地势稍显低洼，是否与三万多匹骏马富有营养的排泄物渗入了土地有关？这已是一个猜不透的谜了。宋代周密《齐东野语·马塍艺花》载："马塍艺花如艺粟，橐驰之技名天下。"《梦粱录》也有"钱塘门外溜水桥东西马塍诸圃，皆植怪松异桧，四时奇花，精巧窠儿，多为龙蟠凤舞、飞禽走兽之状，每日市于都城，好事者多买之，以备观赏也"一说，说明了东西马塍种植的花卉对于杭城的重要性。有了巨大的花圃，自然有莺鸟前来。"旭日照花林，莺转春风早。一片红云暖不开，无奈春声搅。"（明·王洪《卜算子·花圃啼莺》）这便是"花圃闻莺"这一景点的由来。

没错，如今这片区域已非属拱墅，花圃已经成了街区，莺啼也只能出现在想象中，但蜿蜒于该区域的那条西溪河，依然从西湖流出，经流水桥、上下宁桥、石灰桥、左家桥，最后与古新河一起，仍在德胜桥附近汇入运河，这是其一；这一带向为杭城著名文教区，可谓培养人才、发现千里马的地方，这是其二；还有，马塍路与文三路交叉口西南侧，还立有几尊石马雕像，有的正在吃草，有的正在嘶鸣，有的则正准备奋蹄奔跑，那都是些被这片土地好生滋养的烈马、骏马！

皋亭积雪

皋亭山为天目山余脉之一支，呈西南——东北走向，踞杭城北郊半山一带。此山峰峦叠翠，连绵十数里，有皋亭山、黄鹤山、晾网山、鸡笼山、青龙山、龙珠山诸峰，以皋亭山为诸峰之首。上塘河为运河支流，颇有年代，沈塘湾位于上塘河折向皋亭山的最后一处拐弯处。清代高鹏年《湖墅小志》所载："沈塘湾之北有单堰坝，坝旁有一凉亭。咸丰庚申之乱，余仓猝避难经其处，题壁成一律，云：'一个邮亭管送迎，南辕北辙往来程，人因避地难为客，鸟也惊魂怕作声。

白昼有谁来小憩，青山如我负虚名，夭桃不解沧桑变，依旧花开夹岸明。'按，此地即皋亭。'皋亭积雪'，湖墅八景之一。"据传，单堰坝（今善贤坝）旁的凉亭中设有一绞车，凡来往过坝之船只，都靠绞车拖拉过坝。当冬季下雪，观此亭雪景，别有风味。明代聂大年《临江仙·皋亭积雪》诗云："昨夜孤峰如泼翠，今朝玉立巉岏。琼林琪树间琅玕。蓬莱尘世隔，弱水竟漫漫。玉宇琼台千仞表，群仙飞佩骖鸾。不知何处倚阑干。洞箫吹一曲，鹤氅不胜寒。"把一场大雪之后形成"皋亭积雪"之景的过程，此景的特点及痴迷其中的心态描摹得活灵活现。江南地区虽然四季分明，但冬雪的降临不算频繁，每年冬天仅几场而已，雪积山顶的景致更为稀罕。皋亭山海拔仅 360 多米，积雪难以久留，这景色便更令文人墨客珍视了。

如今的皋亭山已愈发峻美了，以最南端的半山街道辖区一带为例，这里已建成半山国家森林公园十大景点。2014 年 9 月，该森林公园游步道全线贯通，形成了一条总长约三公里的爬山新路线，沿途的各个新景点还串珠成链。而在虎山水库左上方的游步道沿线，又新建了十个景点，游人可拾级而上，登高望远，杭城新貌尽收眼底。古人习惯于从山下眺望皋亭山，享受"风花雪月"之一的雪天美景，而今人已可以便捷地攀登至山顶，把自己融为"皋亭积雪"之景的一部分，岂不快哉！

江桥暮雨

江桥，即江涨桥，今江涨桥位于湖墅南路卖鱼桥北，为信义坊与大兜路两处商贸和文化街区相连的宽阔大桥。桥东不远处即为重建的香积寺，而东南侧则为始建于清光绪六年的富义仓遗址。相传远古时，大海涨潮时，海水可沿河道直涨至此地，故名。江涨桥始建于北宋，元末被毁，明宣德年间（1426—1435）重建，为三孔拱桥，如同驼峰矗立在河面上，是船只即将进入杭州城区的标志。江涨桥之南的河道颇显开阔，是因为有一条上塘河支流（今称胜利河）注入，支流靠近运河处，原有华光桥一座，今已不存。据《湖墅小志》载，江涨桥与华光桥作八字式，河面颇为开阔。清代丁丙有诗云："华光桥上天如水，华老登临看月华。"在夹城巷可看月，在江涨桥也可看月，只是在这里，更让文人墨客沉迷的是它细雨绵绵的黄昏，那番鱼市散空、船栖岸畔的景致。明代王洪有《卜算子·江桥暮雨》词："淅沥带秋垌，两岸蒹葭响。何处渔舟暝未还，隔浦闻清唱。撩乱下枯槎，一夜苕溪涨。天目应添翠色重，回首看晴嶂。"此词把江桥、秋雨、芦花、渔舟、歌声、涨水等几个意象完全掺杂融汇在一起，尤其把秋雨和芦花诗化了，饱含着一丝空灵和悠远。北宋李新寄宿江涨桥边的某座寺院里，夜不能寐，便作《晚宿江涨桥》诗一首："鸟径青山外，人家苦竹边。江城悬夜锁，鱼市散空船。岸静涵秋月，林昏宿水烟。又寻僧榻卧，夜冷欲无眠。"同样不乏惆怅。

如今的江涨桥一带可是湖墅商业街区的中心地段，繁华程度与延安路、吴山广场有得一拼，江涨桥也一直扮演着信义坊、卖鱼桥、草营巷通往大兜路、富义仓、霞湾巷等地的交通要津，是运河湖墅段唯一一座连接东西两岸的桥梁。站在江涨桥上，即使是夜晚，即使是微雨天，也无从寻觅古代文人反复渲染的伤感沮丧，只看见宽阔的河面四周是璀璨的楼厦灯火，桥畔的仿膳舫飘来觥筹交错之声，信义坊广场上市民们正在热烈地舞蹈，紧依运河的那条绿化带上，树草已愈见茂盛，掩映着那些热爱夜走的人们。当然，昔时的渔舟都已消遁，那更显宽阔的水面上，偶有游船驶过，船上坐着的同样是些欢快的人们。

白荡烟村

白荡即白荡海，残留的部分水域已如一座小型池塘，位于今莫干山路文一路交叉口西北处的白荡海人家小区内，靠近文一路的路边，此地已非属拱墅辖区。事实上，即便在20年前，白荡海的水域面积也要比现在大上几倍，分为里湖、外湖，且与余杭塘河相连，周围则是杂树杂草，还有零星的屋舍。据载，白荡海旁侧有白荡烟村，曾是以产藕著称的村落。《杭州地名志》记载，西沈塘桥1.5千米，村西濒临湖荡，明代尚是一片白茫茫的水塘，村遂名为"白荡烟村"，白荡海也因此得名。明代聂大年有《临江仙·白荡烟村》诗："北郭秋风禾黍熟，牛羊晚食平田，一村桑柘起寒烟。田翁邀社饮，击鼓更烧钱。处处鸡豚泥饮罢，瓦盆浊酒如泉，往来东陌与西阡。虽言淳朴俗，自有一山川。"由此可略知当年此地的风貌。

在此值得叙述一则典故。据《湖墅小志》载："白荡村蔡布政墓，即崧霞、方伯、锦彪之兆域也。按公仁和人，乾隆丁巳进士，官至贵州布政使，至其六世孙济勤，光绪壬午举人，蝉联七代科名矣。"这个故事的意思是，白荡烟村曾有一座蔡崧霞墓。蔡崧霞为仁和人，乾隆丁巳年进士，官至贵州布政使。相传蔡崧霞为官清正，体恤民情，为民请命，所以他的后代科甲不绝，蝉联七代科名。有人认为这与他的墓风水好不无关联。依传统墓葬风水来看，其墓穴四周若有水面，乃为德者葬身的吉地。而蔡崧霞墓的左右前后都有水塘，又极为开敞，所以这方土地才拥有淳朴古雅之风，且地杰人灵。

如今的白荡海，与拱墅区的湖墅地段只一条莫干山路相隔。尽管早已没了"绿竹绕清流，草舍人家远，几处牛羊晚下来，烟外闻鸣犬"（明·王洪《卜算子·白荡烟村》）的淳朴乡风，但这儿的祥和、安谧是不输于周边区域的。白荡海的北侧依旧是静静流淌的余杭塘河，在余杭塘河上乘船巡游是一种享受，而沉醉于白荡海东侧那墅园的绿草花香，似乎更是一种不无奢侈的休闲。距白荡海仅百米之遥的墅园，是一座始建于1959年，又改建于1985年的城市公园。它虽然不大，仅3.47公顷，却是以苏州古典园林为基调，融江南园林、苏杭格调为一体的市民休闲公园，更是繁华城区内一叶难得的绿肺。坐在浓荫如盖的墅园湖心区，周围的香樟、金钱松、水杉、桂花、茶花、含笑等花树簇拥着你，或许你会产生幻觉，仿佛竹径、水塘，草舍、牛羊、鸡犬、炊烟、桑麻、莲藕等具有典型乡村特色的景物与氤氲的水气已经裹挟了你，让你重又感知到白荡海当年的绰约风光，重温箫鼓、社饮之淳朴民俗以及年复一年的稼穑之喜。是的，它们与你并不遥远……

结合运河治理和旧城改造，拱墅区努力再现"湖墅八景"，夹城夜月、半道春红等景点得以重建，留驻了历史旧貌，而那些无法恢复的旧景旧观，也通过物质或非物质的方式，留驻其神韵。对此，上文已一一加以细述。同时，拱墅区还有序推进运河沿线桥、塔、寺、码头的保护修复，包括富义仓、高家花园、桑庐等一大批文保点得以修缮，御码头、香积寺等历史文化遗迹得以恢复重建，江墅铁路遗址展示馆、大运河诗词园等人文场馆得以建设，并对水田畈新石器时代遗址、半山战国墓等十大文化遗址予以梳理确定，且树碑立帜。

其实，在运河南端，除了上述"湖墅八景"，尚另有"湖墅四景"，均为清代高鹏年所拟："码头春色""圣堂樵歌""姚庄夜市""东关红叶"。"码头春色"一景不无浪漫甚或美艳，当年的歌妓喜欢坐在运河边的船舫上，颇为养眼，这"码头"既是指当年为了迎候乾隆驾临而修建的运河御码头，歌妓喜欢坐在此地展示其美丽容颜，又指歌妓所坐的船头；"圣堂樵歌"一景是指当年在西山一带砍柴的樵夫们，挑着山柴，哼着山歌，跨过圣堂闸（又作圣塘闸）回家时的快乐景象；"姚庄夜市"是指大关外运河边原有姚庄亭一座，往来船只晚上在此停泊，在姚庄亭附近的酒肆、鱼市买酒买鱼，享用一番，其繁盛的灯火蔚为壮观；"东关红叶"一景中，东关即东新关，位于德胜桥往东一里左右，当年的德胜坝、运河支流一带植满枫树，每临秋季，一眼望去，可见遍地红枫犹如弥天红霞，煞是迷人……同样，这"湖墅四景"的旧观和神韵，如今仍被努力保留了下来，御码头、圣塘闸、德胜坝、大关、东新关仍是些值得寻访觅踪之地。

旧景、遗迹毕竟已在昔时放射出了它最璀璨耀眼的光彩，我们追寻故去的、值得珍视的一切，新的时代、新的生活，又需要创造并享有新的景致。有过"湖墅八景""湖墅四景"，我们又有了"湖墅新八景"。经拱墅区有关部门的精心设计和悉心布置，从 2010 年起到现在，运用垂直绿化手段，已对运河南端两岸实施了"彩化"和"香化"，形成湖墅新八景，凸显江南古运河风情，打造生态绿色廊道。由此，湖墅地段乃至整个运河拱墅段拥有了更胜于昔日的美丽景致。

"彩化""香化"改造的重点是运河两岸的林带、沿河建筑、驳岸以及桥梁，主要是通过垂直、立体绿化手段，以各类花木的巧妙搭配，将"四季"浓缩在"湖墅春色""烟渚绿野""蒹葭涨秋""宸桥映雪""香积梵音""富义留馀"等"湖墅新八景"之中。

比如，若要观赏春天的运河，可游览"湖墅春色"（轻纺桥至拱宸桥段）和"古运晨香"（朝晖桥至青园桥段）。"湖墅春色"重在南北商务港的垂直绿化，种植诸如爬山虎、藤本月季等植物，形成"梯形"绿化景观。沿线林带则主要种植一些水杉、银杏等乔木，同时适量增加红叶李、桃花、红枫等小乔木及栀子、含笑等香花植物，突出春季香花烂漫之景象；而朝晖桥至青园桥段的"古运晨香"，则是在沿岸建筑的阳台边设置绿化箱，种植扶芳藤、绿萝和叶子花等植物，林带增加樱花、桃、含笑、栀子和绣线菊等植物，使之呈现出百花争艳的景象，驳岸上所种植的云南黄馨、花叶美人蕉、芦苇和水葫芦等，还能改变其原有的单调色彩。

而想要观赏夏天的运河，最好去"烟渚绿野"（北星桥至轻纺桥段）、"谷梦烟荷"（潮王桥至朝晖桥段）走一走；想要观赏秋天的运河，则前往"蒹葭涨秋"（大关桥至江涨桥段）、芦湾环影（霞湾桥至老德胜桥段）、吴越秋夕（青园桥至武林码头段）；而想要观赏冬天的运河，去"宸桥映雪"（拱宸桥至登云桥段）是最合适的。其中在"宸桥映雪"一景中，拱宸桥桥西历史保护街区内已修缮一新的仿古式民居，都在阳台、墙垣处设置种植槽，种植叶色常绿花叶繁密的石络、常春藤、薜荔、爬山虎，在空地处种植凌霄花、紫藤形成花架，贴近水面的墙体则种植一些菖蒲、千屈菜、苔草等形成水生植物景观，水上、岸边、墙上错落有致，形成立体生态景观。

这样的"湖墅新八景"，有谁不喜爱，有谁不迷醉？

"店舍无烟野水寒，竞船人醉鼓阑珊。石门柳绿清明市，洞口桃花上巳山。飞絮著人春共老，片云将梦晓俱还。明朝遮莫长安道，惭愧江湖钓鱼闲。"（宋·范成大《七律·暮春上塘道中》）在这首诗中，诗人把渴望留驻春天，期待有所作为的心态表露无遗，令人动容。在元末明初张士诚拓宽武林头至江涨桥的河道、开浚新开河之前，上塘河是大运河进入杭州的唯一通道。意大利著名旅行家马可·波罗也是从长安（今海宁市长安镇）乘船，经过上塘河进入"世界上最华贵的城市"的。上塘河的春景如此之美，甚至让诗人范成大痛感自己未能抓住春天这美妙时光而惜其流逝。

如今，我们拥有的已是一片更加灿烂的春景，这片足以永驻的美丽景致完全融入了我们的生活之中。而更富运河、拱墅、春天元素，更具魅力的湖墅新景、运河新景、拱墅新景，仍在酝酿中、创造中、形成中。